中国行吟诗人文库　第一辑

屐痕斑驳

罗鹿鸣　著

天津出版传媒集团
百花文艺出版社

图书在版编目（ＣＩＰ）数据

屐痕斑驳 / 罗鹿鸣著 . -- 天津：百花文艺出版社，2023.5

（中国行吟诗人文库）

ISBN 978-7-5306-8536-5

Ⅰ . ①屐… Ⅱ . ①罗… Ⅲ . ①诗集—中国—当代 Ⅳ . ① I227

中国国家版本馆 CIP 数据核字 (2023) 第 108646 号

屐痕斑驳
JIHEN BANBO
罗鹿鸣　著

出　版　人：薛印胜
责任编辑：赵　芳
装帧设计：鸿儒文轩·末末美书
出版发行：百花文艺出版社
地址：天津市和平区西康路 35 号　　邮编：300051
电话传真：+86-22-23332651（发行部）
　　　　　+86-22-23332656（总编室）
　　　　　+86-22-23332478（邮购部）
网址：http://www.baihuawenyi.com
印刷：三河市华东印刷有限公司
开本：787 毫米×1092 毫米　1/32
字数：152 千字
印张：9.5
版次：2023 年 5 月第 1 版
印次：2023 年 5 月第 1 次印刷
定价：58.00 元

总序

行而吟，风光无限在远方

李立

书山有路勤为径。路有千万条，各有各的宽窄长短，各有各的平坦坎坷，各有各的气韵风范，各有各的荆棘繁花，各有各的痴情拥趸，各有各的天作归宿。

随着季节的更迭交替，路的心境也随之变幻，冬去春来，兴衰枯荣，岁月苍茫，梦呓不绝。

丰富多彩的因缘，成就了路的高深渊博。

诗歌的因子因此而腾空漫舞。

行，不一定是诗，却可分娩诗。能吟的诗，不仅是行吟诗。

风无处不在，只有流动了，才叫风。

大千世界，烟火人间，历久弥新的日月星辰，目之所及、诗意比比皆是，只有诗人将之挖掘、提炼、熔化、锻打、淬火、吟诵出来，才叫诗。

呐喊、呻吟、抽泣、嬉笑、追逐、情爱、春种秋收的生产活动，大自然的鬼斧神工、虫鸟舞蹈、电闪雷鸣，只要被诗人的灵感捕捉到，并赋予其灵动、灵气、灵性、灵魂，行吟诗歌便脱茧成蝶。

给心灵插上绚烂翅膀，使其欣然遥赴远方信约，在脚步无法到达的尽头蹁跹，万千姿态妖娆妩媚，抑或音色铿锵激昂，低吟浅唱间灿如星星闪烁的文字，光芒四射，照亮和温暖寂寥的长亭雨巷。

行是情怀，吟是才华。行吟是匠心独运、热忱赤诚，于天地万物之间采摘精华，雕琢成字字珠玑、睿智夺目的诗行。

只有站在高处的雪，如珠穆朗玛峰上的白色精灵，才能始终保持冰清玉洁、晶莹剔透。高处不胜寒，孤独和寂寞是雪的良师益友。

把雕琢文字视作生命的不懈追求，并为之挑灯夜战、奋斗不息、孜孜以求，方可书写出惊天地泣鬼神的旷世之作，这才是真诗人该有的崇高追求和态度。焚香沐浴，诚挚以待，善良和痛苦是诗人的笔与墨。

"语不惊人死不休"，这是诗人杜甫的态度，成就了草堂主人的苦难和幸运，亦是他传世不朽的千古谜底。血肉成灰，诗魂长存。

只有能抵达良知本真的人，才能抵达诗歌的远方。

水，无所不能。在汪洋大海可以汹涌澎湃，在大江大河可以欢歌，在水库湖泊可以妩媚多姿，即便是在高山峡谷处一个小小的坑洼里，内心也照样可以装下整个浩瀚的碧空。

行吟诗，确实神通广大。可以上天入地，可以博古通今，可以高亢激昂，可以喁喁私语，可以厉声痛斥，可以甜言蜜语，可以指点江山，可以吟诵烹饪，可以抽薹开花，可以枯萎凋零，可以披星戴月，可以苍茫辽阔，可以……

于不同的时间和地点，构筑起不一样的绚丽华章。

江山草木，流云走沙，天地腹语只要和诗人的灵魂结合在一起，行吟诗就有了生命。

戴着镣铐的脚步，套上枷锁的思想，所行所吟只会局限于方寸之间，犹如井底之蛙，无缘领略海阔天空的高远，了无风起云涌的境界，绝无行云流水的格局。欠缺鹰的高度、眸光、翅膀和雄心，满眼就只有麻雀的世界。

行而吟之，诗如其人，给岁月雕琢一副性格鲜明的背影。如本诗丛诗人刘起伦的沉博绝丽，田禾的匠心独具，蒋雪峰的独有千秋，罗鹿鸣的自成一家，汪抒的翻空出奇，向吉英的清新明丽，张国安的含蓄隽永，肖志远的婉约细腻，无不跃然纸上，过目难忘。

　　大自然是行吟诗歌的温床。行而吟，风光无限在远方。

2022 年 8 月 8 日于深圳

上编 三湘四水，赤子情真

下编 天南地北，且行且吟

附录

上编

三湘四水，赤子情真

空空如也

横岭湖空空

水已将袖子卷到了胳膊

不断退下的湖水

露出了大湖的底裤

南洞庭空空

空空如也的湖底

只剩下龟裂的伤痛

荠菜是湖底唯一的留守儿童

它们的眼泪早已干枯

洞庭湖空空

空出来的地方

让给了农场与村庄、鱼塘和稻菽

白鹤、小天鹅、东方白鹳

都化作了一滴滴白色的泪珠

豆雁、鸿雁、斑头雁是混浊的泪珠

人也是空空
满负荷的行囊像潮水卸去
把青春的衣衫脱在岸上
把理想交给一帆孤影，把金钱留给波浪
随身带着的功名，腐朽在墓冢
空出来的浪花，还给虚荣的芳草
空出来的云朵，托付给一行消隐的白鹭

2022 年 11 月 29 日上午，于长沙银港大厦

蛟龙水库拍反嘴鹬

听话的飞机，沿着导航灯起降
来来往往的钢铁大鸟
已让水库里的白鹭、白琵鹭、矶鹬无动于衷
反嘴鹬在轰鸣声中最多扇动几下翅膀

一只猛禽来了，情况大不一样
机场驱鸟的笛声会尖啸起来
白鹭成群飞起，白琵鹭也被裹挟起舞
矶鹬的沙尘暴席卷于西，席卷于东

只有反嘴鹬的步调高度统一
对白腹鹞做出抗议
它们将银白的腹羽瓷片般贴在空中
竖立的装饰画，在湖的上空魔幻疾动

声势浩大的时候，它们会遮蔽天空

会让落叶树林在一瞬间长满叶簇

势单力薄的时候，机警而从容

反嘴朝天，这是天生的反骨

说不清白的好，还是带点黑斑更靓

浅水滩沼泽地是安身立命的地方

无缘攀龙附凤，仗势青云直上

安天乐命，也能活出自己的形象

2022年11月14日晨，于长沙云海松涛斋

长沙的早晨

夜跪下来，迎迓太阳破云而出

白天，被叫天子喊醒，挺起腰杆

将脱下的黑氅墨裳挂上玉兰、紫藤、香樟

游艇劳累了半夜，没有和早晨一起醒来

橘子洲伸开桥隧的胳膊、趾腿

蹭得江滩的苇草茅荻脱了一层黄皮

跑步的、练剑的、打太极拳的、扯嗓子的

都像行动着的鹅卵石，在车流的推动下

似动非动地闪烁着绿片氟石的晨光

网红城市又一次活了过来

面向手机抖音，开始全球直播

2022 年 10 月 3 日晨，于长沙白鹿居

返回我农民的身份

踏上曾经踏过的路径

踩进曾经踩过的水田

复习面朝黄土背朝天的姿势

向水稻靠近，再靠近

向这活命之物

鞠躬致敬

禾束以低垂表现成熟

被我左手抓捏得很紧很紧

镰刀的弯月，降低身段

以利刃的语言，说服禾穗

与稻田脱离了依附关系

几只山斑鸠的幼鸟，啄食到谷粒

麻雀们为过冬，一粒一粒储备能量

黄嘴黑身的乌鸫，寄生颓竹的秋蝉

向劳作的人们不时聒噪、嚣鸣
惊起的白鹭，向着恬静的水域前进

重返稻田，返回我农民的身份
再次强调一个农民的勤劳与实诚
向稻田，向大地，掏出汗水
我多么想化身为一亿亿亩稻谷
让天下的鸟雀安心，让所有的虫豸续命
唉，稻谷们纵有万千的爱心与悲悯
也解救不了饥渴已久的人心

2022 年 9 月 12 日，于长沙濯梦园

七星山的星光

作为最后一个下山的人

晚霞的刘海已从山顶披下，消退

坐进最后一个缆车的轿厢

为一支军队断后的气概随雾气而生

山顶的天空之镜，面对黑暗无能为力

星星给出希望，灯光将山坳照明

我和轿厢，成为七星山最后的山魈

陷入山影与初夜巨大的虚无之内

绝壁飞出一只岩鹰，与灯光逆向而行

红猴从谷底，抛出惊魂的叫声

只有珙桐花，虽尊贵，仍亮出白翅

七星山的体形比天门山还大十倍

个高一千五百二十八米，比天门山高出一头

眼皮下的崇山，远处的天子山、黄石寨

莫不向着七星山，仰头敬礼

天上的北斗七星在哪里眷顾你呢
无数个疑问，都在七星山得到答疑

站在山顶，犹如一棵正直的武陵松
张开双手，打开胸廓，欢呼日出
而此刻，我用欢喜拥抱落日的余晖
让她壮丽地安睡，在我的怀里

黑夜降临，在银河退潮的日子里
用几颗又大又亮的星星，给自己壮胆

2022 年 8 月 26 日上午，于 G1370 次高铁吉首至麻阳段

澧水之歌

在岩泊渡，找一个温泉泡一泡

一天的疲劳，被雾化了

一生的疲劳被泡软后，化不成蒸汽

到哪里去找一个大池子，能消除一生的疲劳

岩泊渡的春雪，开在梨花树上

梨花白，桃花红，惹得常张高速公路

到处都是狂奔的车辆，不是为情，也可能为情

在岩泊渡，没有故事来为我们医疗

到停弦渡，正好可以将这一课补上

司马相如停止了拨弦，弦声仍不绝于途

一条渡船，弹着澧水这根弦

将油菜花的乐谱摊在澧阳平原

历史随渡船摆进了流水

一座横跨澧水的大桥，让爱情

变得快：高效、易熟，也易消失

岩泊渡、停弦渡，渡的是同一条河

你我他，男人与女人，老人与少年

渡的是不同的一生，好像又是同一个一生

2022 年 8 月 6 日晨，于长沙白鹿居

盛夏洋湖

并不是夏天繁茂之林就不落叶

一阵狂风一阵暴雨，会让许多黄叶现身

萧瑟的时刻即使在盛夏也会发生

阳光普照，仍有许多黑暗生存

一只红嘴蓝鹊，点烧夏绿

瞬间熄灭了，水杉的火柴头擦燃天空

满湖碧波，面对灼人的骄阳毫不作为

一阵风从塔吊与脚手架蹿出

将七月流火越烧越旺

2022 年 7 月 3 日午，于长沙洋湖湿地公园

河西晚霞

没有看到太阳，只看到了霞光
长木椅子上，一对拥吻的人
像夕阳一样将头埋进绯红的云里

为游客服务的电瓶车，最后一趟
把六点半，拖到了晚餐桌附近
那些晒得蔫了吧唧的花
开始为明天积攒颜色与精神

白鹭塔的灯亮了，先亮了顶层
当塔的底层也亮了的时候
那些出来偷腥的人，换成了偷星星

白鹭们从来不站在白鹭塔上，它们
比人有自知之明，知道自己半斤八两
把塔留给神，留给登高望远的野心

它们只在浅水区，将晚霞捣碎

那几个没有拍到白寿带跳水的人
好不舍地把晚霞从脸罩上摘下来了
正聚在一棵枯枝树上开晚会的喜鹊
为如何配合退休老人的拍鸟生活
各抒己见，自由发言，却争吵不停

晚霞将自己的丝绸缎面丢到洋湖里
浣洗过后，被夜的黑手拧干了
在树梢晾了一下，收到了黑匣子里
被明天那个多愁善感的林妹妹
拿去擦眼泪。雨水
会落在明天早晨

2022 年 6 月 25 日晨，于长沙白鹿居

在秀峰公园看钓鱼

钓友们在池塘边安坐
一圈一圈的涟漪，被鱼儿吐出
春天已过，盛夏即归
繁茂的头顶上仍有片片黄叶
飘飞，落在他们的周围
也落下跳起来又跌入水中的鱼

蜘蛛在池树的枝叶上纺织
那是为蜻蜓、蚊蝇准备的软床
陷阱无处不在，猎杀无时不在上演
而织娘，一直对钓者敬而远之

一个钓者起身，收起折叠椅
他的钓竿也刀枪入鞘了
鱼囊空空，仍然面色淡定
另一个人眼睛一直盯着水面

比对工作还要专注百倍

看待昨日情人也很少目不转睛

他俨然成了这三分水池的主管

不动声色地对渔竿发号施令

甩出钓竿，近了，远了，又收回

小桶里有几条二指宽的鱼在跳跃

表达它们被钓离池塘之后的抗议

咬钩，不，这是自己看走了眼

禁不住诱惑者，都要付出相应的代价

池塘水不浊，也不清

不能为路人当镜子以正衣冠

也不能为钓者变身为龙宫

面积小是小了一点，但不妨碍

风起云涌，在秀峰公园的一隅

持续上演着生物链的活话剧

2022 年 6 月 9 日晨，于长沙白鹿居

在龙舟之源观龙舟赛

端午雨下了一场又一场

汨罗江水一寸一寸往上涨

上祭的唱腔拖得比任何鸟歌都长

点了睛的龙头安装到了龙舟上

十里八乡的桨手早已摩拳擦掌

河市啊，镇子、村庄万人空巷

你听，夺旗的鞭炮声震天响

你看，插上红旗的龙舟澎湃着飞扬

你听，高举的发令枪一声令下

你看，八条龙舟如离弦之箭飞向前方

欢乐的鼓点，忘记了屈子的忧伤

止住泪水的天空仍一脸惆怅

鼓手、舵手、桨手的热血使江水偾张
起落双桨给奋进的龙舟插上了翅膀

白鹭、中白鹭、大白鹭停止了歌唱
站在水杉、杨树上观摩龙舟贴水飞翔

鼓声戛然而止，欢呼声戛然而止
汗水浇灌的花朵在万众脸上欣然开放

2022 年 6 月 3 日（端午节）晨，于汨罗江畔

怀沙亭吊屈原

河伯潭清澈而平静
照得见您的一脸憔悴

您最后一次正衣冠
最后一次，濯足洗缨

您最后一次看一眼祖国
最后一次，为她裂肺碎心

您的头比苍鹭高出一尺
身子比凤凰山高出崇高的部分

飞翔，您留给世间最后一个姿势
没有溅起水花

您的羽毛比天鹅更洁白三分

落水的《离骚》，激起两千年回声

此刻，我在怀沙亭无语独坐
天空正在准备一场滂沱的泪水

隔着炊烟的汨罗江，龙舟正奋勇有为
千万条江河，活着同一个灵魂

2022年6月3日（端午节）晨，于汨罗江畔

鸟洲观鸟

鸟洲的鸟，有的喜爱钻进杂木丛
山斑鸠、珠颈斑鸠，偶尔抖搂珍珠项链
黄草地上蹦跶的，是活泼的鹌鸪
水边疾行的，是高挑的长脚鹬
但鸟儿成群，才是戏剧中的高潮部分

两百只鸬鹚，黑着脸，伸缩长颈
扇动双翅，据说在对异性吸睛逗情
它们站在沙洲上，列队展演
不时像舰载机，练习降落与起飞
操练的军官，竟然是鹭立鸬群的苍鹭

临江的几棵秃树，落尽了叶子
鸬鹚不嫌自己黑，长成了黑树叶
它们将白色的鸟屎拉到下面的茶树上
茶树叶子开做了白花，风吹不落

鸬鹚们会突然刮起阵风，将树叶捋光

斑嘴鸭也会这一招，时常长到树上
有时撒豆成兵，在水上布兵列阵
褐麻的羽翅，会溅起闪光的水珠
将夕阳当作足球，在耒水里踢来踢去
激动起来，就在江空上演遮天蔽日

鹧鹕显得势单力孤，一二只独游
偶尔捉出一条鱼，展示生吞的技术
耒阳的钓鱼翁坐在江左，甩竿甩到江心
衡南的洗衣妇在江右，用棒槌捣碎的落日
又被他们从江面钓起，升为旭日一轮

2022 年 1 月 5 日晨，于惠州市

拍摄爱晚亭

"爱晚亭"三个字，被秋天新描过
描金的人，已从人字梯下来走进冬天
九点钟的阳光从青冈与枫树里跃下
在这三个字上足足流连了一个多钟头
红漆的牌匾高悬，比血还红
三个金字，好像跋涉在血色之中

琉璃瓦的绿，不分季节地绿着
阳光的金辉加持，它仍不失本色
其宠辱不惊，能加深我的理解与共鸣
穿透太阳反光带来的那一层迷离
四大石柱坚挺、四大木柱坚忍
举高亭子，像举高事业一样举重若轻

而我们，只是亭前亭后的过客
与太阳鸟、八哥经过香樟、翠竹无异

就像脸膛透亮的红枫叶偶入你的镜头
好似亭与树的倒影于池塘中静止的一瞬
石径边的幽兰独自吐香，路人无感
爱热闹的喜鹊，自顾自炫耀着蓝羽尾

无人机高高在上，看不见这些细节
它把这座亭子看作岳麓山的一个遗老
万米高空的飞机几乎会视而不见
这些钢铁候鸟，执迷往返在红尘旅途
跳出三界外的星星，有可能看清事实
认一座亭子为故友，与其投箸碰杯

2021 年 12 月 8 日晨，于长沙白鹿居

梅山神

倒立在杉木林，一双大脚板
一只装着心爱的人，一只把天空盯紧
双手撑着梅山的胴体，力量
从雪峰山火热的内心往上输入
身体倒过来了，头颅还得昂扬向上
乾坤不能倒过来，是非不能倒过来
双眸的雷电，释放着爱恨仇怨
柔软的目光随雾岚迷漫人间

据说，一个八十岁的老人倒立
为梅山文化园留下半个小时的传奇
我亲眼看见老先生倒立在东山山顶
成为雪峰山高处的那最陡峭的部分
今天的张青娥吸足了仙溪的神韵
让芙蓉峰具备了仙骨凡心
效法张五郎，与梅山来一场

轰轰烈烈的爱情，让所有的情与意

开在梅山文化园桂树枝头，香满四季

2021 年 11 月 30 日晨，于长沙白鹿居

梅山文化园

指天的水杉，披上一身的金针
给路人树立起正直不屈的标杆
茶花经霜，白得太过耀眼
让脚下的刺莓、蛇莓羞红了脸颊
流水时断时续，推动大水车
榨油坊的碾子不情愿地转了三圈
流水过后，金钱蒲依水而卧
鸭子与家鹅开始伸长脖子赛歌
芒，站在水边临镜自婀娜
不安分的几束，在高耸的石柱上
迎微曦初露，送夕晖隐入山脊
石戏台是空的，在等一场傩戏
锣鼓响起，猎人正满载归来
野白菊花便不再寂寞地独自盛开

吊脚楼冒出的青烟，搂住半轮明月

呼噜之声，沿山脊线波动

2021 年 11 月 30 日晨，于长沙白鹿居

听花与听铁匠铺

铁匠铺哑巴了，它的旁边
有好几亩肥嘟嘟的水田，去年秋天
稻子弯腰低头，显出自卑的样子
今年的四月，月季花已将其替换
下午的阳光啊，更增加花朵的光彩
早晨的山雨是不速之客，瓢泼盆倾
红、黄、白的月季花，在雨中落泪
它们已经习惯了阳光的娇宠
也能默默地承受暴雨带来的苦难

铁匠铺的门关着，锁已生锈多年
锻打锄耙刀犁的砧柱哑口无言
溪水还是六百年前的溪水
只是水车不再唱歌，再没有
插秧、扮禾、挑稻的人经过门前
代之的是游人在门前穿梭不息

他们跟花田里的花一样，谢了又开

有一个观光客，将花田的光鲜采撷
又在铁匠铺与那把锈锁交谈
他仿佛听见了水牛与黄牛的哞哞
自己变成了牛背上吹笛的儿童
变成了挥汗割稻、踉跄扶犁的少年
苦难在回忆里能长出花朵，而花朵
吐蕊开花的声音不在乎是否有人谛听
就像没人在乎稻田里如何有鲜花长成

2021 年 4 月 27 日凌晨，牙疼早起，于长沙白鹿居

杜鹃草堂

——兼赠杨少波

他将一颗钉子钉在这里
钉住了青山绿水，也钉住了
草堂和炊烟，没有钉住的
是一条青石板路，明清时期
它就窜入了松杉竹的混交林里
只露一截茶马古道的尾巴，引人遐想

此前，这条路上走着挑夫贩卒
也走着南下北上的士子和商贾
直到走来红军
他们用路碑，指出一条通向光明的坦途

如今，石板路老而弥坚
溪畔的古枫上，蝉鸣三省
门前的樟梓桑榆，时常会谈起前尘旧事

然后看着红军的后人们从这里走出去

又开着车或坐着车从远方回来

只有他，把自己也钉在这里

成了一棵绿叶婆娑的遮荫大树

2021 年 4 月 26 日晨，于怀化凯里亚德酒店

听鸟

鸟将夜含在嘴里，然后叫出声来
将夜色越叫越深，叫到深夜三点
鸟把自己叫得瞌睡了，村子的
鼾声四起，鼾声原是祥和的代名词

鸟又开叫了，一众鸟开叫了
高音上不去了，低声下不来
大嗓门在东，小嗓门在西
龙形山杉樟林里一直有多声部藏匿

鸟衔着夜飞来飞去，一直找不到
安置夜的房子，碰到洪武年间的民居
也找不到钥匙
干脆把夜吐出来，吐成东方白

早起的石大门客栈主人正好用手接住

把鸟声换成开门声、锅铲的声音
引水的发动机轰鸣声推倒了夜的窗墙
受惊的鸟张开了翅膀上所有的熹微

2021年4月24日凌晨，于岳阳张谷英村石大门客栈

在铁山水库，找龙宫的门

云的脸抹了太多的白肤霜
试图在水里漂洗干净，但它
掬不起水，也搅不动波浪
沉浸在碧水里，像睡熟的孩婴
在丽日的帐幔下，透着恬静

云梦安详，熨平的绸缎
嘎吱惊起一对追逐的鸳鸯
一只只银鸥在水面滑翔
湖心岛龟居或蛙伏在水上
影子在水面伸头蹬腿，冲着冬阳
远山如鞍，水下的杉树松树
宛如绵延不绝的长鬃
长桥卧波，水上水下的意见达成一致
没有所谓的秋风萧瑟气象
偶遇的一片叶子，躺晒在湖面

用金币的光芒释放立冬的信息

而游船是粗暴的闯入者
发动机的轰响急促还高亢
与这安静的山水不合时宜
尤其令人懊恼的是，船过之后
水底的静云山图，被瞬间
换成了一幅泼墨的混沌意象
清晰可见的事物被魅影取代
松竹、屋舍、洲岛炖成了一锅粥
我们再也找不到通向龙宫的大门
捏着一串万能的诗歌钥匙也枉然

2020 年 11 月 10 日晨，于长沙白鹿居

游东洞庭湖

从鹿角码头下洞庭，传送机
停止了运送沙子、煤炭的苦差事
疲累的巨臂搁在岸边，让赋闲的诗人凝眸
勤劳的形象化为鱼贯而入的秋色涛声

游轮犁开平湖，在玻璃上曳着长裙
鸥鸟嬉戏于浪，江豚偶尔会显露鳍尾肚背
洲渚的芦苇须发斑白，像阅尽世事的老人
风霜如披，沧桑如衣，仍精神矍铄

鹰离凡人太高，渐变为白鱼鳞云里的污点
如圣人行走江湖，常遭小人秽语污言
江大湖大天大，只有真诗人才能装下
那些忘恩、反目的浪花，让夕阳老眼昏眩

左握君山的碧螺，松手跑丢一匹薄暮中的黛马

右手却不敢触碰岳阳楼的琉璃檐瓦

天眼开处，光芒的睫毛如湘君夫人温润

将男人引到断头路的，却常常又是女人

岸可回浪，浪可供舟返航

一个下午的慈航，终在荣家湾登陆

抗日浴血的浪花在新墙河中灭而又开

壮美的落日，不敌英烈凋谢的头颅

    2020 年 11 月 6 日晚，于岳阳县荣湖大酒店

梅山文化园民居

——兼致白手起家的张青娥

床与桌的上头，是梁檩子
梁檩子上头，是华南虎脱下的橡皮
橡皮有虎的筋脉，上面长满黑瓦
黑瓦的上头，有炊烟上升
接引梅山神到神堂牌子上登基

这一栋一栋的房子，曾依山傍水
茂林在屋前，修竹在房后
清亮的溪水拨着水轮车的叶片
像流水数着一天一天的日子
选择着自己乔迁的黄道吉日

一个叫作张青娥的山妹子
在自己的娘家筑巢引凤
那些在山旮旯里待得老掉牙的房子

被去城里打工的人弃置的老宅

投奔明主，整体拆迁到芙蓉山麓

酒旗招展，重新焕发活力

2020 年 9 月 17 日傍晚，于长沙白鹿居

杉木兵团

这些杉木林，笔直地坚守在自己的
哨位。枪戟指向天空
不会伤及鸟雀与识途的老鹰
杉木兵团驻扎的山坡野岭
穿着秋天的迷彩服，把负氧离子
慷慨给予驮马、走兽和路人

张五郎被当作总司令围在核心
他倒立的双腿，左脚以杉枝尖棘
挠痒痒，右脚摩挲秀竹的腰肢
双目放出的闪电，从翘起的头颅
射出，让魑魅魍魉倒吸寒气

梅山便否极泰来，阳气旺盛
村村寨寨安居乐业，五谷丰登
内心的惊惧，被法师喷出的一口水

抚平。一只又一只红腹锦鸡

嬉戏杉林，它们不读四书五经

在林竹的王国举行绚丽的

加冕典礼，百虫都是王道的

臣民，可以用于啄食的牺牲品

风是林的老主顾，经常睁一只眼

闭一只眼走过林梢，摇落阳光的铜钱

满地乱滚，惹得林涛絮语不停

对于湖而言，与其明镜高悬

不如放低姿势，躺平，可供风来

熨烫，或者停泊一片一片祥云

2020 年 9 月 17 日晚，于长沙白鹿居

湘江边的过客

走下楼去，我俨然一片树叶

下到了河堤。如果我走入湘江中

消失时的动静，比飘落的叶子

会大上三分，也仅此而已

上游的潇水不会记起我的形象

柳子庙与萍洲书院再不会出现我的诗影

家乡的祁水可能难以捡到我的鞋子

在衡阳读过书，石鼓不会为我而鸣

长沙系安居乐业之所，也会抹去我的印痕

至于我曾工作过大半年的北京

早已忘掉了小罗是何人

第二故乡青海，偶尔有人踢到

我的骨头，一星半点的诗句

落在漫天飞雪里，俯伏在荒岭

湘江的水返清，窥见了我

日渐枯萎的动机与寂灭的激情

沿滨江公园漫步吧，不要穿过宋家洲的大堤

那边，孩童时受过的轻侮会导致二次伤害

河东农田里的诱蛾油灯蜕变成了霓虹灯

钓青蛙捉泥鳅的人早已坐在大楼里

我还是从晨跑者的背影里回过头吧

不要去比速度，也不要去晒得意

逝水是一杆公平的秤，把所有的东西称匀

2020 年 5 月 16 日晨，于永州嘉隆大酒店

雨和伞的游戏

为何折回去取伞
五月雨贵如油
难道怕它沾湿你身

当一伞在手
雨水却躲猫猫去了
转瞬变成的多余之物
被夹在腋下，空空两手
抓住的是两团湿乎乎的空气

2020 年 5 月 16 日晨，于永州市

永州即景

几十根钓竿都遵守纪律
全部瞄准湘江的流波，波澜不惊

再也看不到戴口罩的人了
大妈们的广场舞又随江水起伏

人间依旧鲜活，在晨光的洗浴中
像被钓起的活蹦乱跳的鱼

傍水而生的不是芦苇，却能以假乱真
白茅与象草拼命放低身段，俯向河水

闰四月了，端午的水还没有涨起来
石榴花像弥勒佛，以笑抵制水的冷酷

糯米白，粽叶青，母亲善用粽叶丝

将粽子五花大绑，让我垂涎至今

白头翁的叫声像喊魂，从此岸传到彼岸
高一声，低一声，像喊着我的小名

2020年5月16日，于永州市

邵东的早晨

十二月十二日，邵东的晨日是干净的

那一颗滚圆的咸鸭蛋内核

被囫囵地置于红土地的碟盘上

没有一丝拖泥带水，虽然有点像

慢吞吞出门的老娭毑，迤逦在

城乡接合部的小道上，虽然

汽车的鸣笛，取代了鸡叫狗吠

虽然松杉林尾梢搭起的白雾帐幔

混淆了民居的炊烟

但今日的太阳是圆满的，红得

十分鲜艳，红得十分结实

高楼大厦的玻璃幕墙，反射出来的

红色光芒，是红光满面的欣喜

今天是"双十二"，商家使出浑身解数
也没能撼动诗歌培训班的开班仪式

2019 年 12 月 12 日晨，于邵东市邦盛大酒店

云台山，离尘世似近似远

经过九十九道弯，我们螺旋向上
在向英雄纪念碑鞠躬的时候
天空蒙住了脸，转而泪流满面

凌空跨壑的玻璃桥，渡我们过去
前途并不通畅，我们仍需返回原点
沟底的竹子失了气节，全折断了腰杆

龙泉洞的秘密在于内心朝大众开放
手掌大的茶叶故事已经通江达海
唯有我坐的直升机，仍在迷雾里盘旋

真武庙站在最高处，离尘世甚远
群峰叩首，助长了大庙的伟岸
带着真经下山，两条腿在凉亭里打战

上台如此不易，下台更加艰难

离开风雨如晦的云台山时

一只目送的鹰，赠给我们警句金言

2019 年 11 月 3 日晨，于安化县华天酒店

蜜月张家界

新婚的礼台搭在十里画廊

云雾的婚纱披向与我十指紧扣的新娘

仙女献花在前，御笔赋诗其上

爱情孕育的峰林朝天空拔节

供我们向上攀缘，学做岩石的坚强

直至一双鹰隼，以举案齐眉的姿势

在峰顶播撒流着鲜果汁液的阳光

我们模仿夫妻树千里相会①

一旦相拥，就永不松开臂膀

2019 年 10 月 18 日晚，于长沙白鹿居

---

① 十里画廊、仙女献花、御笔峰、峰林、夫妻树、千里相会都是张家界风景点。

石燕湖之歌

——兼致盛建华、肖沛宇

一只古老的燕子长在石头里
长在石头里的燕子多么美丽
亿万年来天地精华将她孕育
玉屏峰顶的燕子是她的化身

含着舜帝石的燕子凌空而飞
用魔杖点化出跳马涧天鹅池
石燕湖啊好像一面日月宝镜
金龟岛啊栉风沐雨熠熠生辉

石燕的翅膀呈现山脉的走向
石燕的涟漪诉说青山的深情
穿着春夏秋冬五彩般的衣裳
倾心演奏松涛与百鸟的和鸣

玻璃桥与飞索在白云间升起
划龙舟玩漂流到处笑语欢声
石燕湖让我们绽放云水禅心
石燕湖让我们活得快乐无比

2019 年 8 月 27 日晨，于长沙白鹿居

秦溪寻梦

说好的桃花呢？桃花呢
夹岸的桃林都隐身何处了
桃花坞、桃花源、桃花运、桃花梦
难道真的能被七月的流火藏匿

乌篷船不再是武陵渔郎的那一艘
撒出的网像一把穷形的扇子
捕获的鱼都是进化论的反证者
它们活蹦乱跳，只上餐桌不上论坛
从不发声，也不管市价高低

弃船上岸的人也不是那个晋人
仿佛若有光的地方，是永恒的石洞
垂髫扶犁的秦人不再刀耕火耨
酒吧风情街上行走的男女
并非五柳先生的后人

三月四月，桃花如潮涨满秦溪

潮起潮落是春天的物事世情

入沅江下洞庭，五湖四海皆是尘世

盛夏的柳树已过了扬花的季候

一把把青丝垂向水面仍一往情深

溯流而上的一船船红男绿女

收敛着内心，看白鹭掠林而过

麻鸭成群嬉戏，白鹅在水里钻出钻进

牛背上的横笛，吹奏着山水田园的清音

回到城市，打开厚黑的门窗

从车水马龙里逃逸，从灯红酒绿里抽身

只要一想起一生中惬意的事

桃花便落满了秦溪①

2019 年 8 月 15 日晨，于长沙白鹿居

---

① 改用张枣《镜中》"只要一想起一生中后悔的事／梅花便落满了南山"句。

桃花源古镇

前边后边与左边，一湖将你抱定
右边的秦溪淌过，满满的柔情
黑尾的花喜鹊跳过桃红，跃过柳绿
高飞的白鹭，不时向滩涂俯身

南牌楼彩绘鲜艳，高大庄严
呼吸着桃花源的白云蓝天
北牌楼吐出一条渔舟，碧波潋滟
七层高塔，系着古镇这条大船

船从门前过，水从屋后流
四合院子，像一件件艺术品待价而沽
建筑可以做旧，人心却难以仿古
酒旗招摇处，大碗喝酒，大块吃肉

我渡过小拱桥，到你门前看柳

你栽下的桃花，今年挂果来年丰收
在广场的一株桂花树下站定
慷慨的夕阳，给每片黑瓦用金粉梳头

金山银山，抵不得门前的绿水青山
古镇的大船再大啊，也载不动乡愁
乡愁里，有你的梨白杏黄
我的白日梦里都嗅到瓜果清香

老人们坐在鼾声里，故乡坐在炊烟里
燕子衔泥而归，燕尾裁剪着春夏秋冬
鸟在飞，鸡在啼，狗在吠迎姑爹娘舅
石板路上、圆广场边，桃源梦醒乡愁休

2019 年 8 月 15 日上午，于长沙云海松涛斋

夜宿春风堂

五柳湖，镜子一样平和安静
恰好符合世外桃源的意境
夏蝉白天喊破了嗓子，夜来全部噤声
稀薄的蛙鸣，充满桃花山与桃源山之间
道观、牌坊与满山的树木虚构的空寂

半亩莲蓬举着花伞，顾盼生辉
浮萍伏身向着一百亩湖水抒情
美人蕉的火把点亮了空山湖影
孤独的凉亭，在水中央等待着佳人

水杉成荫，石拱桥拱向天空
和水中的影子隆成圆满之状
两端的牛郎与织女消失了行踪

只有我从春风堂走出

捉住了自己的倒影

一枚月亮如一条卧蚕

趴在窗玻璃上偷窥

2019 年 8 月 14 日深夜，于长沙白鹿居

遇荷

——赠诗人李成恩

在南岳之麓，遇到荷
荷叶高出人头，用做一把伞正好
骤雨突至，拽过来一片荷叶
雨便在荷叶上乱弹琴，将黄昏
弹出心慌意乱的节奏。琴声
戛然而止，暑气顿消。荷叶
荡漾着绿色的波涛。荷花
在纤细的茎秆上眺望，像帐房前
窈窕的妇人，手搭凉棚
翘望着雪山下的草原先生

在南岳半山亭，遇到你
点一盏酥油灯，照见我的慧根
赠一块玉树寺开了光的玉佩
十亩莲花，立时开满我的荒原

绿度母安下五百尊莲花宝座

梵音空灵，南岳松撑开宝伞的华盖

2019 年 8 月 6 日下午，于长沙湖南宾馆会场

磨镜台

磨镜台是一个什么样的台
磨出的镜是一些什么样的镜
这些玄妙之物我都不曾关心

天镜云镜水镜，透视自在精神
怀让点化的鸣蝉在柏杉梢头入定
磨砖不能成镜，坐禅难以成佛
我们整天打磨词语又能作甚用
不如结庐人境，磨亮一把镰刀
收割一亩稻谷，刈伐一把露水

觉悟的石头在危崖上欲飞未飞
雾与霜滋养的慧根茂盛繁荣
筑石室住石室的人到石室开会的人
作鸟兽散了，解说词吐出的玄机
像一支香烟闪过的火星与余烬

而我一次又一次来消磨时日

将青丝打磨成白瀑，在残阳里飞鸣

2019 年 8 月 5 日上午，于长沙湖南宾馆会场

南岳大庙的距离

此刻，离南岳大庙仅一箭之近
不是弩箭，不是穿越大气层的火箭
就是南岳北坡毛竹弯成的弓箭

我刻意与大庙保持着距离
伸手可以摩挲大门口那对石兽
仰头可以看清牌坊上的莲花呼吸
甚至进入大庙，在戏台下变成戏迷
让出将入相成为过眼的烟云

我也会在儒释道的缝隙里侧身
将大雄宝殿实用为遮挡炽日的华盖
八月的烈焰，被揿在古柏的荫处
内心的火，仅剩余烬被松风凉汗

但我不会跪在佛像前的杏黄软垫上

将省下的香钱拿回家去建祠堂

不会去抽签、打卦、问卜、算命

不是因为太贵、与金钱挂钩太紧

命本天定，所做都是竹篮打水

我与神秘的事物保持一箭之地

恰合脱帽行礼

2019 年 8 月 4 日晨，于南岳名山精舍

云舍

——兼赠汤春保

其实，云舍并没有长在云里
它与当地的桂树香樟为伴
与远古的蕨荻杜鹃为伍
水塘、稻田、高粱是它的邻居
飞鸟来去，不知名的鸣虫与蝉引为知音
桃花源山谷，黑瓦房星罗棋布
等待着一首首田园诗入住

其实，云舍也不是用云朵构筑
从屋脚到房顶都是纯木、砖木结构
榫是榫，卯是卯，木匠的全手工
它吐纳着溪风、山岚、晨霭、夕气
整面的玻璃后墙，透视着天光云影

云舍，云舍，可种瓜种豆

南山就在房前屋后

渔翁钓月，樵夫摘星，耕者在田

篱笆墙攥着梅、兰、竹、菊、松

归去来兮，隐逸云舍，醉卧琴茶

给心中的桃花源安一个家

2019年8月3日凌晨5点，于长沙白鹿居

雨中演唱会

张开一朵莲花的体育场
吐出一场演唱会的焰火
林俊杰富有穿透力的歌唱
从莲花口涌出，将雨夜点燃

雨水与音乐、歌唱的联军鏖战
再大的雨水也按不下音乐的浮瓢
歌声突破雨幕的围剿自成王者
莲花瓣屋顶到处都是雨水在溃败

那些被音响、扩音器送上天空的
将被夜色层层过滤，渐渐消解
那些被雨水浇不灭的激情
被金钱消费之后，将被明天深埋

2019 年 6 月 22 日下午，于长沙白鹿居

阳山古村，飞无人机

飞到天空，想看古村的前世今生
天蓝云白，水秀山清，李白桃红
还有蛙鼓鸟鸣，都被溪水、荷塘
攥在手里，轻风微澜，家族的
脐带，在此冲洗、定格、显影
六百年，柳絮的胡子一茬茬飞白
何氏祖先，祠堂里透露无边风月
廖家人的善良与胸怀成为口碑

飞得越高，越能看清全貌
但离细节更远，离真相更模糊
回眸，后山的椅子稳稳地安放
环顾左右，两边青山列作画屏
黑瓦屋的鲸群在阳光下跃动
青砖墙被白色灰浆勾勒出皱纹
村支书拿着话筒如数家珍

抱着一把青菜的娭毑闪进家门

小狗大狗的吠声惊吓了翅膀

耗尽电的无人机魄散魂飞

一头从天上掉下来

掉下来，却安然无事

古村土地柔软，富有温情

失而复得的东西抱紧而归

高高在上总是一时半会儿

脚踏实地，才能安放一生

2019 年 4 月 21 日午，于郴州高铁站

回乡遇雪

鸟声从屋檐下来
叫我起床

打开厚重的木门
与一夜白头的故乡
撞了个满怀

顾不上与枣树聊天
先把雪人
堆在院子中间

2019 年 1 月 1 日晨，于衡阳祁东县

溇水

我知道你的来头不小

靠山很大，有武陵山脉垂青

还好像经过桑植贺龙老家

你一鼓作气跑到五雷山下

沿途丢下一幅一幅水墨山水画

象市、长潭、江垭大坝给你束腰

增加了些许山里女人的温顺

走远之后，炊烟越来越少

像跋涉的鞋子不断脱落了线头

我从慈利西下高速

溇水里站着四五个村妇

一个五十多岁，洗完白菜浣洗衣服

三个七老八十，两根棒槌起起落落

她们终于直起腰、抬起头

不看我，不看黄叶快落的树林

也不仰望晨曦已露的天空

她们看着贴水而飞的无人机

停止了三秒钟的劳作

我从监控屏上发现

年轻的像我轻微中风的五嫂

三个老一点的，像大嫂、二嫂、三嫂

2018 年 12 月 17 日凌晨，于长沙白鹿洞

天子山观雪凇

——与草树、李志高、张纲冒雪登山

我把昆仑山盛大的雪

带到了张家界天子山上

漫天抖翅的白精灵

遮蔽了柴达木盆地的青春

在天子山踏雪而行的中年人

正向雪花迷津的地方靠近

高山珙桐，被雪裹之后

与房前屋后一株枇杷无异

凌空欲飞的翅膀

被冰凇晶莹透明地捆紧

西海峰林，头戴白盔

就像几个登顶的诗人

在人间影影绰绰的诗名

2018 年 12 月 13 日 9 时，于张家界至长沙 T8324 次列车上

天门山上的飞翔

天门山的雪比世间下的大
瓦房上的雪已被炊烟的长舌
舔干净了，天门洞的大镜子
挂得太高，在天风里有点晃眼
雪花的手绢，越擦越迷蒙
像朦胧诗一样，越想看真切
越不知所踪

在一块空地上发动无人机
想冒雪飞向天门，屏幕上显示
"此地有机场，限飞"

从防风衣里伸出脖颈
一串秋波放马过去
天门洞没有回声，几颗
不会依附的雪粒子，从

西川树的叶子上滑下来

彻底覆盖了飞翔之梦

2018 年 12 月 13 日 9 时半，于张家界至长沙 T8324 次列车上

洞庭湖遇贺兰山花喜鹊

在贺兰山遇到的那只花喜鹊

不知何故跟我来到了洞庭

它究竟是如何跟踪我的

引起了我极大的警惕

是光明正大、奉命行事

还是鬼鬼祟祟、心怀鬼胎

是我偷窃了贺兰雪、黄河浪

还是它向往南方，过我一样的生活

它是不是用了 GPS 定位

在我的手机里植入了跟踪器

总之，它的动机如何

它的动力又是从哪里来的

我有一点忐忑忑忑

就像城陵矶的三江口

洞庭与长江相会时的漩涡

就像南湖的早晨

水雾拉起的帐幔里

那些影影绰绰的船和山

2018年11月9日晨，于岳阳南湖

资阳古巷子

墙上草秋，巷子雨浓
戴望舒的油纸伞上雨滴慌乱
与湿润的石板巷子，特别适配

民国的背影从这一条巷子穿过
青石板洗得冰凉，越发冷清
湿漉漉的，全是民国揩不尽的泪水

打着伞的五个女子曳着长裙
裙摆被老巷子拧出了一把优美
不见忧伤的尾巴，只见诗的雅丽

这是一个秋天的午后
湿滑的青石板巷子，踮起脚尖
咬痛了一行人远去的青春

2018 年 9 月 22 日晚，于长沙飞燕庐

浔龙遇雨

此刻，雨有点大，有点急
全没有浔龙河、金井河的从容
过度的热情，烫起满河水泡
也烫伤看景人的一双眼睛

今天是农历五月十八
这个龙们别后重逢的日子
山龙与水龙在果园镇嬉戏
也将文人墨客的衣衫淋湿
山的端庄，水的安静
祥和的烟雨，荷塘万种风情

麦咭长廊正虚席以待
像一双筷子在等待主人
雨幕难以掩盖机修厂昔日的辉煌
田汉故居，帮人将尊严找回

雨的踢踏舞节奏狂劲

为我们送了一程又一程

除了把热乎乎的乡愁留下

我们带走所有湿乎乎的风景

2018 年 7 月 1 日午，于长沙浔龙河

雨母山，我朝你归来

一次一次，我路过你
就像路过夏木春风、冬阳秋蝉
就像路过我的少年狂与青春梦
如今，冰雪早已涌上双鬓
我不再是一个过客，我弃马归来
归来时，雨母已摇身一变
摆下宴请天下的盛宴

你是求雨得雨，求道成仙
你是桃红李白，柳绿桂黄在溪边
还有稻香、瓜甜，葡萄挂满
田间的矢车菊总是伸长脖子
土地里的鸡冠花，攥着一把炊烟
起起落落的蛙鸣，说破某些真谛
吐血的杜鹃，将游子的魂魄招还
从今往后，你便是我的亲人

收住匆忙的脚步，驻足

同一座屋檐，如一只燕雀

在巢的周围盘旋

2018 年 5 月 21 日上午，于郴州市

张家界的姻缘

我来天子山的时候
天门是打开的
天子是狩猎到澧水西岸
还是在田间地头访贫问苦

公主曳着云的长裙
向东方寻诗，那些
奇思妙想，那些
佳构丽句，从天地的囊中
脱颖，洒满了大江南北

诗是她的油盐酱醋茶
每天都将一锅汉字蒸煮煎炒
烹饪出色香齐全的山珍
在等他的白马王子幸临

你看，酒窝里盛着的红晕

胜过天子山的晚霞

两杯荡漾的春光

凡夫俗子岂能一饮而尽

峰林的刀枪剑戟

在袁家界布下迷魂阵

然后，将我渐渐溶解

在张家界的后花园里

2017 年 12 月 10 日深夜，于张家界武陵源

我与一座城一起醒来

我出发的时候，天地还一片混沌
切开黑夜的，是我们的车灯
在禁坟的牌子后面，躺着一片
水泥隆起的墓茔，极像祖宗
鼓出的眼睛：陌生、亲切、温存

天岳寺在晨钟里起身，敲着木鱼的
老尼姑，也将第一炷香插入香炉
吐出来的烟雾，正好氤氲了
半个平江县城，像一条白纱巾
被写意在汨罗江两岸的灯火里

红光满面的天空下，海市蜃楼
设计成路灯的蜿蜒与山脉的起伏
湖的镜子里，一座城开始打扮梳妆
桂花雨和芙蓉露，涂抹在街道旁

妖娆、妖媚，让一个时辰心花怒放

无法鞭策幕阜山的群峰驮来日出
但我可以搂着烟火与稻菽入梦
将早晨拌在阳光大酒店的一碗米粉里
连同霞光、晨岚一起囫囵下去
肚子里刮起了一阵暖洋洋的秋风

                                2017 年 10 月 27 日晨，于岳阳平江县

大江奔流

凌晨五点，开始烫金长江的封面
静默的夜空，十八号灯塔在闪
对岸，一座灯塔从晨曦里醒来
那是十九号灯塔在指引航船

天亮了，杨与柳举起亿万只手臂
千里芦苇摇动着亿万面旗帜
一只东方白鹳拔江而起
从气宇轩昂的长江直冲霄云

江风浩然，吹动万里画卷
滚滚江水在太平洋惊涛拍岸
东来西往的客轮货船，风正帆悬
将千年的梦想，在大江南北实现

2017 年 10 月 19 日晨，于岳阳市

汨罗江，一条丰衣足食的河

晚稻熟了，等待的已不是镰刀
从机耕道上走来的也不是扮禾桶
收割机突突突地就要冒出地平线
虚空的谷仓，将充实袅袅炊烟

橘子黄了，在晨曦里涂脂抹粉
一篮篮、一筐筐、一车车地集结
攒够了山坡野地里的精气神
在城里人的脸上，为乡村招魂

葡萄甜了，脸皮变得越来越薄
内心却越来越水灵、饱满、充盈
让那些皮厚心虚的瓜瓜果果
在招摇过市时，偶尔心生羞愧

草木不再愤懑，山水不再悲情

大如车轮的落日芬芳每一座屋顶
罗子国遗址依然潜伏在芳草地里
汨罗江已是脱胎换骨、大音希声

2017 年 10 月 10 日晚，于岳阳市

红叶点燃的十月

十月是穿的秋装还是冬服呢
是季节的小爱人还是老情人呢
十月，如果可以用红叶点燃
冒出来的是慈祥还是庆气

天空的岸边，蓑衣鹤在闲庭信步
而人间，秋天的准星里居然充满柔情
纵使有一片一片红叶野蛮地闯入
枪的扳机也会换成相机的快门

十月适合拥抱，对霜露也欣然握手
高高低低的树木，也众生平等
青梅竹马的只管继续自己的欢乐
红得发紫的已将绝望烧作草木灰

2017 年 10 月 6 日下午，于长沙白鹿居

白鹭塔

看潮涨潮落，云卷云舒
看白鹭起降，日落日出
看人来人往，花开花谢
看昼夜相继，四季轮回

看一对一对鸳鸯分分合合
看一家一家亲人聚聚散散
看一幕一幕戏剧悲欣交集
你方唱罢我登台，人世盛衰荣枯

看到一个除草修枝的青年
头上蓦然长出了皑皑白雪
苍鹭、夜鹭、池鹭从塔顶向远方跃迁
开剪草机的人，头都没抬一下

看着看着，高塔变得慈眉善目

而洋湖仍在青春期蓬勃躁动
高塔的惊叹号，矗立在湘江西岸
为日新月异的篇章站台见证

再往后看，塔身结出了一层老痂
在时间深处，一块一块地剥落
鹅掌楸开始不断地脱下黄马褂
八角上的悬铃，显得颤颤巍巍

2017 年 10 月 3 日晨，于长沙白鹿居

用伟大的词，编织蓑衣

——致抬阁故事传人陈范兴

汨罗江，蓝墨水的长句子
在长乐镇的青石板里安憩
让我在黄昏里邂逅抬阁故事
与一个传说结成忘年之交

陈范兴，我叫您一声大师
旷野里的树，顿时肃然起敬
您，从死水一潭里取出惊涛拍岸
从风雨飘摇里取出基础与柱石
从木头里取出炭，从寒冬里取出火
从灰飞烟灭里，取出重生

还要从《辞海》里取出"伟大"一词
坐在夕阳下，编织一只罗子国的蓑衣
披在镇妖降魔，临江而立的砖塔上

为动乱的岁月遮风挡雨

将流离失所的文化

认领，带回家，再哺育成人

于是，麻石街涨起了故事的潮水

散了骨架的民俗

重新拾掇起汨罗江里屈子的魂魄

匍匐在地的双腿，站在了云端

高跷的长龙，通江达海翱翔穹天

是啊，土地里长出世上最长的腿

黑夜里长出了郁郁葱葱的光明

而您，就是跪在烈日下播种的汉子

像普罗米修斯，将抬阁故事的火种传承①

2017 年 9 月 26 日晨，于岳阳市

① 汨罗抬阁故事，是民间喜闻乐见的艺术，以彩扎、纸塑、高跷等人物
造型、装扮，再现民间故事。起于隋唐，成于明清，演绎千年。陈范
兴呕心沥血，使抬阁故事得以复活，发扬光大，并成为国家非物质文
化遗产，功莫大焉！

秋醉松雅湖

今年，哪里是问秋的湖光山色呢
哪一棵红枫的下面正好独坐呢
秋声自语，能使倦鸟归巢安魂吗
凉飔养心，是高楼大厦的嘘叹吗

请你来松雅湖吧！这里适合同醉
璀璨的长沙星，是水中自由的灯
蓝天白云，脸书在一扇扇窗玻璃
远去的鸿雁，正在为夏天从容收尾

湖里水草茂盛，优哉游哉的是鱼类
推来搡去的波浪，戏耍万家灯火
驼背的夜鹭单腿站立，趾爪紧扣
星城的流光，顶冠举起如水的月色

白露已逝，中秋即临，鹊桥空寂

临水清照的美女与你擦肩而过

栈道心坦意舒，推拉着远近的镜头

古月凉风天涯客，此处秋声最动人

2017 年 9 月 13 日凌晨，于岳阳市

大湖，鱼和水的幸福

大湖的波浪，如一位长者的皱纹
折叠出岁月的辙痕，不断靠近我们
小鱼浮在水面，大鱼沉在水底
与淤泥相接的水位，恰是江湖的核心
适合隐居，也适合观望
处江湖之远的鱼，逍遥自在
近岸的，最易被诱捕

一座城市煮在水里，城市便熟了
煮熟的城市不会飞，食客会鱼贯而来
游船穿过灯火的葡萄、歌舞的水晶
刘禹锡坐在岸边，正为一首诗作注
桃花源里安居乐耕的正是陶渊明
南洞庭畔，屈原正用沧浪之水濯缨

常德啊，你万变不离其宗的是水的赋形

即使旱鸭子，在此也是如鱼得水

2017 年 9 月 3 日，于长沙市

常德，那座诗中的城

原来，常德与我风马牛不相及
善卷先生以月为犁躬耕人心
我不知"德"的源头自此流出
开化三千年波澜壮阔的文明

原来，陶渊明搭建的桃花源
以为是文人士子的南柯一梦
朗州司马刘禹锡放飞一行白鹭
成为碧空长天诗情画意的雕塑

原来，喋血孤城是如此可歌可泣
八千虎贲在张恨水小说里活现活灵
河洑战壕、白马湖地堡、抗日纪念坊
中国军人的骨头挺拔、伟岸、坚硬

后来，我用一千多个昼夜浇灌一株诗柳

太阳山朦胧的光芒擦亮顾盼生辉的街衢
柳叶湖的水是月光日辉的液态表演
那株诗柳也拥有了柔情蜜意，万种风情

常德，你是桃花吐出的一粒蕾
含苞欲放的气象，就安放在骨肉里
穿紫河如何由丑小鸭变作了白天鹅
答案的脊梁，是一座诗国长城

2017 年 8 月 29 日，于长沙白鹿居

汽车站，出发与抵达

我们进入汽车体内，汽车进入街道体内
街道进入城市体内，城市进入大地体内
而大地，进入我们体内，互相咀嚼
互相从对方的宽宏大度里得到超生
城乡日新月异，而人性始终泊在车站
就这样矛盾着，我们在大地畅行

公路密如蛛网，供长途客车爬来爬去
在小河里裸泳的孩子，是漏网之鱼
车厢里有波谲云诡，车窗外有思念的人
大路，披荆斩棘，白云在上面盘桓
风雨雷电，止不住欲望的车轮
通向大千世界的路，也通往
千家万户的重逢与别离，前方
有酒旗，有小桥流水，也有墓碑
而欢笑与泪水，正如人生的南极与北极

客车是怀着悲悯的好人，具有老黄牛的精神
道路泥泞、人的愤怒与阳光的喧哗，都能从容面对
城市与乡村，被拉近、推远，又推远、拉近
客车们只认得车站，那是家，安放着一个个心灵

家，也是车站，我们在那里上上下下
如果没有脚踏实地的屋顶，天空也失去意义
如果没有不舍昼夜的奔波，趴在地上的
汽车，与停止飞翔的石头有什么不同

再远的路也是用来行走的，就像雄心壮志
必须得有一座天空，才能安放
一个个的手提箱，也能远走天涯海角
而苍穹之内，皆是梦想的出发与抵达之地

2017 年 8 月 19 日凌晨，于长沙白鹿居

娄底地下商城

这几天，我每天穿越地下商场
这隐居于天光之下的庞然大物
构造出一个物欲横流的空间
商品琳琅满目，人流井然有序
也许公平的交易波澜起伏

我看见这盘根错节的商家店铺
在钞票的欲罢不能中盘踞
根须的末端通向娄星公园
一朵城市之花开在出口
嘤嘤嗡嗡的蜜蜂、蝴蝶与蚊蝇
各自施展生存的奇巧和技术

2017 年 7 月 6 日午，于娄底市

写在厂窖 ①

等着一群牛走过来
踩着洞庭湿地一汪一汪的泉
淤积的血，喷涌了出来

等着太阳变圆，变成
一颗血淋淋的头颅
溅红了满湖满天

2017 年 4 月 7 日黄昏，于益阳厂窖—茅草镇

---

① 1943 年 5 月 9 日至 12 日，侵华日军在湖南厂窖制造了三万多人被杀害的惨案。

一片黄叶的选择

试想，一片发黄的树叶
最想做的事是什么呢

也许可以学做一片茶叶
随茶马古道去做一次远行
考察万事万物的冷暖
与秋天达成怎样的协议
与冬天如何妥协与抗争
在春天以怎样的方式卷土重来
是否在一杯茶里找到了皈依

也许可以选择纵身跃下
向悬崖峭壁视察一次纹理
向深沟大壑来一回探底
或者随河道做一次深刻的迁徙
带着刻骨铭心的爱情

归葬在远方雪白的苍茫里

也许可以直接扑向自己的茎根
去触摸前世，憧憬来生
让不谙事理的风埋汰，让
不懂世事的冷雨噬咬
不用化作青烟星火，不用
化作尘泥更护花的高尚
摒弃一切陈词滥调的追悼
与这个世界彻底拜拜

也许还可以沉溺于冥想
对青春做一次短暂的回眸
检索一番所经历的风雨
即使没有超凡脱俗的彩虹
也要给过客一个会心的笑容

此刻，其实什么也不用做
只管立在枝头，立在秋风中

2016 年 10 月 29 日晨，于益阳安化县

窑变

裂变，聚变，在化学词典里
情变，婚变，在生活里
还有蝶变，不是茧化蝶
是梁山伯与祝英台化蝶成典

今天，我在感受窑变
铜官的高岭土摇身一变为陶
泥巴烧制的盛唐
釉上彩釉下彩的盛唐
不敌安禄山的铁骑
此地窑烟化作五代的绝尘
跑到亚洲欧洲非洲的坛坛罐罐
在海底一睡千年

我们的诞生算不算窑变
父母给我们的坯子

投身到社会的大窑之中

不论是柴烧油烧还是气烧

不论是童年少年青年中年老年

一直处于窑变之中

直到重新化作尘埃

2016 年 9 月 12 日下午，于长沙银港大厦

乔口遇雨

雨很嫩，嫩得让人心疼
忍不住用手捏了一把
湿滑了枯槁的心灵

大家以诗歌夸了一顿
雨，便把持不住了
硬是将一首首诗浇了个透湿

我使劲拧了一把九月
拧出了烟柳红槐的乔口
拧出了古街的暖碇栈道的勾魂
却怎么也拧不出来
昨天浸渍的眼泪

店旗招引，走向更深的时光
回头的路，已无迹可寻

雨啊，乔口的秋雨

你浇起我们脚跟的水花

恰似明天落下的红尘

2016 年 9 月 10 日黄昏，于长沙望城乔口镇

雷锋之星

我离雷锋有一首歌的距离

仅用一首诗无法抵达

一生的距离的确太短太短

头顶一直亮着一颗星辰

夜越浓，黑越深

这颗星越发璀璨，越发光明

星光通过人间的透镜

折射一缕缕良善的晶莹

风，得过且过来去

吹不走已经扎根的星星

2016 年 9 月 10 日晚，于长沙望城乔口镇

铜官窑志

铜官炉膛里爆燃的热血

出自乱世留下的一个伤口

中原迁徙而来的流民

无奈之中，掏出绝技自救

微笑的陶俑，脱胎于苦难的烈焰

生死相依的爱情，造型生动

东方的桃花源，西方的乌托邦

全都破碎在古窑的瓦砾之中

2016 年 9 月 8 日，于张家界铜官窑

望城望月

我望城的时候
饥肠辘辘，肚子里伸出的手
向城市的方向乱抓
城里的霓虹灯没有抓住
攥住的一根稻草不知渡我去哪里

我望月的时候
柳絮杨花还没有将街道当成溪渠
悬铃木还没有从法国长驱直入
月亮里的嫦娥还很清纯
兜里仅有的几个硬币好不欢喜

小时候，城市在山的那边
很远，远得我望尘莫及
我踮起的泥腿子插在町的中间
望云，很白；望天，很蓝

水里有鱼，月下有梦
树的胳膊向着高楼大厦伸去

如今，我在望城县望月
胸膛里，沸腾英雄的热血

今夜，杜甫的乌篷船载我而来
船头的苦艾抽象成了湘江之诗
一轮圆月当了我的软帽戴在头顶
光明充满的苍穹，压低了我的额眉

2016 年 9 月 5 日晚，于张家界天门山下

张家界之晨

你从黛黑色的帐幔里苏醒
麻麻亮的灯次第睁开
让市声一点一点渗入眼睛
此时，窗帘在窗框边上稍息
随团旅游的人，呼朋唤友出门

澧水十分安静，只有几只船
不紧不慢，在江面刻画波纹
好一副与世无争的神情
只是桥面，人来了，车去了
开始由淡定变得躁动不宁

难以揣摩，峰林是如何
戳破拂晓？是以尖锐的原生态
还是以钝化了的肢体语言
它们用云雾遮面，迎接

赶了一大早进山的绿女红男

天门仙山怎么也扯不断
靛青缸里染过的云霭
那颗阳光的脑袋，不会
如约而至，它在等待
属于自己的，一个吉日良辰

2016 年 8 月 26 日晨，于张家界澧水河畔

2022 年 8 月 29 日晚，于长沙白鹿居改定

晨遇天门山

天门山突然站在我的窗口
丹青水墨的屏风之后
藏着什么样的天机

窗口是我临时的眼睛
无法将大庸的山水看透
庸人自扰的方式多种多样
担心穿越天门洞的飞机不再回眸
担心翼人的翅膀不再收拢
甚至在杞人忧天的同时
还在打探来生的幸福

这是我与世界沟通的窗口
我将天门山从早瞧到晚
从表向里盘根究底，结果

云雾从人间之外缭绕过来

凡夫俗子怎么也找不到仙踪

2016 年 8 月 7 日晨，秒写于手机

题宁乡千佛洞

一千个洞原是同一个洞
一千个人是不是同一个人
一千片叶子原来不是同一片叶子
一千尊佛原来是百万个慈悲

三亿年前的风仍在洞里喘息
它对泥盆纪的生殖力秘而不宣
如今，以钟乳石的形象说出
那些石帘、石瀑、石城堡
在背离阳光的深处
暗暗塑造一千种脸谱
活在黑逻辑里
即使见了阳光，也难当大材使用

2016 年 7 月 30 日晚，于宁乡市青羊湖

青铜时代

八月的尾巴猛烈地燃烧

将四羊方尊炼成青铜

将青铜铸就人面纹方鼎

如此滚烫的光阴

锻造出一个青铜时代

三千年前，炭河里的高温

冶炼出青铜的光荣与梦想

今天，宁乡的高温冶炼诗歌

经青羊湖水淬火之后

便有了青铜的色泽与质地

2016 年 7 月 30 日深夜，于宁乡市青羊湖

大年初一游桃花岭

夜空最后一株礼花

给羊年打上璀璨的句号

猴年的第一声呼唤

也是花炮一样的灿烂

阳光如浣洗过的新衣

摊在长沙的大街小巷晾晒

大地像一双新布鞋

我们不忍穿在脚上爬山

梅溪湖拖曳一条碧裙

风情万种的裙裾上

缀满了密密麻麻的高楼

层层叠叠的蜂巢里

不知藏有多少爱与恨

只是，桃花岭的桃花

还没有打开羞涩春心

桃花湖里的魅影

仿佛在酝酿一场桃花汛

隔火带在鞍部与山梁传送步伐

它有别于百货大厦的电梯

山上山下一个来回

金猴偷过的那一颗蟠桃

已经落入我们的欢喜里

2016 年 2 月 8 日（正月初一）上午，于长沙桃花岭

致德思勤

德思勤，是赤子落在大地之母
一个深情的吻，是创造之神
光辉与神采制作的地标，让千年古城
走出城市森林，找到了北斗七星

四季汇的时空，闪射着
消费主义的光芒，以新潮与时尚
建造的购物天堂，让你的黄金
变成欢喜，让爱意满载而归

楼下，二十四小时书店，履行
一座灯塔的使命。指引舟船
穿越欲海之海，将长沙的夜空
温暖，将红尘之心悄悄安顿

2016 年 2 月 6 日上午，于长沙德思勤综合体

故乡，我回来了

我回来了
故乡不见了

我的青山在哪儿
我的溪流
已枯萎成肠
我的乡音
在四处飘荡
我的亲人
一片片落下

大地没有回声
天空不落眼泪

2016 年 1 月 16 日上午，于常德市

洞庭月

我在北京向南回望

洞庭湖的皎月

明亮了我的天空

温婉的光芒从蓝天落下

雪不见了，霾不见了

款款而至的洞庭月

让我看到了世界的美好

月亮与柳絮萍水相逢

长出了蝴蝶的想象

天空变得五彩斑斓

千里之遥

变成伸手可触的

一个如痴如醉的瞬间

2016 年 1 月 12 日夜，于 G505 次高铁上

下编

天南地北，且行且吟

一缕风开始燃烧

我正在从你身边经过
你是知道的，你知道一缕风
是如何在瞬间产生的
你知道一缕风的来龙去脉
却不想知道我来自何方
又将去向哪里

远风是可以点燃的
我知道了一缕风的梦想
我感觉到一缕风已开始燃烧
深冬的黄叶与白雪
都将被烧作明丽的灰烬

2016 年 1 月 12 日夜，于 G505 次高铁上

林芝的桃花开了

昨夜，桃花打开了密码
正在直播一场盛大的浪漫

林芝，一年一度的花事
将人间的艳遇一网打尽

太阳透过你的香腮
吐露三月的胭脂与芳菲

春风捧着你的脸颊沉醉
采花大盗来来往往酿蜜

粉红而灿烂的轮回
等待一场桃花雨的蹂躏

2016 年 3 月 3 日晨，于长沙白沙路上

锁不住的春天

高墙大院抱着一小块春天
像市民的私有财产
又好比农民那一块自留地
将果蔬捂得严严实实

绿瓦红廊在春光里洄游
雨的小槌敲得池塘冒泡
金鱼吐出一朵朵花的形态
红枫谦卑，俯吻水里的自己
白玉兰、紫玉兰做着见春的准备
叶子未长，将攥得紧紧的花囊松开
小桃红盛大，热烈，密切团结
羞得疏枝散花的海棠不忍开口
垂柳枝上灰喜鹊掀帘嬉闹

向墙外低头疾走的行人

传递一点春的消息

2016 年 4 月 6 日晨，于北京昌平明苑

十三陵春思

阳光坐在窗外

樱花撩拨它的芒须

燕山还是那么安静

没有一点游走的意思

它在等一件绿衣

穿上它，就迈出居庸关

像长城一般，在北国

蜿蜒成一条春天的巨龙

十三陵错落有致

安卧在昌平的原野

已经落幕的宫廷戏

在星罗棋布的园林里

做出钩心斗角的解释

历史从来无视答案

就像墓道前的神兽蹲着

一动不动，却自有尊严

2016年4月8日下午，于北京昌平明苑

搬家到远方

我要将城市里的家搬走
要将黑瓦杉梁的屋顶
放置到一个很清静的地方
将窗子与房门永远打开
让雪山、草原、森林随时造访
让纯粹、洁净、惬意、静谧
天天作穿堂风吹过

我要将四方的木柱安到脚上
将一双脚安上鹰的翅膀
蓝天的穹庐水草丰美
可以将白云自由地牧放
喜怒哀乐随着星移斗转而逝
房前屋后的杂草摆出友善之姿
任凭水滴在屋檐下妄议

我只搂紧内心的欢喜

向门窗发出轻匀的鼾声

2016 年 4 月 21 日，于怀化市

此刻北方

该燃烧的时刻没有燃烧

熊熊的火焰变成一股青烟

一截干枯的木柴欲罢不能

无泪的天空竟现一片澄明

北方的大地如此空荡

没有灰烬扬弃在漫漫归程

飞机不得不南向而行

高铁的梭子穿越亘古的话题

不同的空间，不同的方向

如何才能经纬到一个传奇之内

太白的诗句太白的意象

垒起一座高不可攀的峭壁

2016 年 10 月 23 日上午，于北京银龙苑

百色的黄昏

一颗橘子，挂在百色的蛾眉上
橘红的光芒，泼向右江
深秋的性情，像一个隐者
任凭天空的熟橘，信手涂鸦

江水有太多的曲折，如果
忽略它曾经的苦难，可以
当作蜿蜒去欣赏，譬如
腥风血雨的历史风雷，如今
已成为波澜壮阔的传奇

棕榈树，芭蕉叶，甘蔗林
婆娑着这座古城，滨江公园

成千上万的橘子掉下来

塞满窗口，孕育一城的光明

2016 年 11 月 12 日，于广西百色

南百高速公路抒情

高速公路，无所谓左右
也无所谓正反，传送带的那头
是家，是城，是村庄
远方的磁场，把欲望
拉得很长，很长
生活之车开始高速行驶
背影也在加速消亡

2016 年 11 月 13 日上午，于南宁至百色高速公路上

北京地铁

一

那头从海里上岸的章鱼
在硬化的街道上止住了漫游
八爪从四面八方伸出路面
紧紧吸附住城市的肢体
车站口从不合拢的嘴里，有时
吞噬星空，有时吐雾吞云
更多的是夜以继日吞人吐人
昨天吞下的少年，今天
吐出来，已满头白发如雪
雪落大地有痕，雪落头顶无声
章鱼的八爪，握住了他的人生

二

城市的大蜘蛛
任劳任怨地拉丝抽线
织造一个个地铁站作茧
列车的蜘蛛侠爬来爬去
人们没有喝彩
天上飞的、水里游的已司空见惯
一条条钢铁蚯蚓也见怪不怪
只是这个巨网网不住蜻蜓
即使被世间的风雷撼动几下
最后竟无功而返

三

晃来晃去的花朵，一瓣一瓣
像昙花一现，像桃花
走过三月的夜晚，无须

渴望与翘盼，那倏忽而至的
喜悦，准时准点到来
让不再望眼欲穿的叶子
瞬间打开，带着仆仆风尘
进入另一条来来去去的途径
但那个艳遇的美女
只给你一个莞尔的背影
再也不可能重逢在一棵丁香里
车门打开，跌倒一声喟叹

2017 年 3 月中旬，于北京西单广州大厦

三月三，空腹远行的江南

在高铁的肚子里窥不尽的江南
三月三的江南，诗词里长满荠菜
我空腹远行，准备饕餮诗歌的大餐
千年的乡愁炖成一锅地菜煮鸡蛋

高铁素手纤纤，将南中国的卷轴展开
渐渐打开的水墨画，与我的故乡渐行渐远
辽阔的烟雨啊朦胧了万里江山
这迷离的田园饮尽古往今来

天才的椽笔晕染了屋舍柳岸
茵茵秧苗守身如玉在一方方水田
给人间定下一种冷静的色调
不时有油菜花的亮色高调点染

长沙、南昌、杭州，都是过客

丹青的终端嵌入湖州的裱装店

南浔，荻港，收容万水千山的倦意

文人士子的画里谁在从容整理衣冠

淡定、清雅，弦歌不绝于耳

牛背上横笛的少年今日暮归炊烟

我要在这古旧的调子里休养生息

带着牧笛，在明天的都市里骑牛归来

2017 年 3 月 30 日（农历三月三）下午，

于 G1484 次高铁上

我已发芽，在运河之畔

今晚，运河襁褓了我的肉体
清洁的雨水洗尽滚滚红尘
桨声淹没在雨的豪情里
漫天的雨帘唤醒我隔世的情人

荻港渔庄肿着灯笼的红眼
等待临水宴饮的踏青者迷途知返
曲水流觞的诗文拧得出明媚
香腮桃红甜颊李白，竟无人识得

车载船运的话，欲言又止
与运河未进一言已咽泪装欢
骨植长城的阳刚，肉含运河的阴柔
太湖南北涌起文明的壮阔波澜

今夜我只倾听，南浔的雨风情未了

激动不已的运河以波涛之姿倾诉衷肠

我已发芽，越来越贴近春天的内核

像一棵卑躬屈膝的老柳伏向河心

2017 年 3 月 30 日晚，于湖州荻港渔庄

南浔桑雨

几片桑叶，在茶杯里青春勃发
像裁剪过的春天，魅力盎溢
游走的姿态，模拟竖起来的蚕
抽出来的丝丝，以气的形状

成片的桑林，婆娑在窗外
成片的桑林围定村庄，不肯走远
成群的蚕宝宝，是谁在组织集体吐丝
吐出烟雨，让南浔如梦如幻

2017 年 3 月 30 日深夜，于湖州荻港渔庄

慢下来，打磨一把弯镰

我漫不经心打磨，一把弯镰
锋刃又薄又快，用它
收割今天，屡试不爽
尝试着对明天收割
却难以做到精确无误
对明天的明天挥镰，更没把握

是不是镰刀钝化了？还是
忧惧着不知有没有明天到来

一夜之间可能会沧海桑田
可能会万事皆空，可能
与一条南蚕一起顿悟，可能
和苏杭的软语一起，发出
醍醐灌顶的红晕，与江山
不再缠绵悱恻，不再关注

风云变幻

此刻，我只管慢下来，让

漫漶的太湖、西湖，舔磨

我的弯镰，刃口的锋芒

泅向无岸的彼岸

2017 年 4 月 1 日晨，于湖州南浔

在运河边，发呆

坐在青草丛中，运河从身体里
缓缓穿过，飞鸟有点小惊慌
没有将我的眼睛弄伤，它的远方
并不远，巢安在运河岸边

船的野心更大，装载的内容
很沉，每一艘船都吃水很深
让波涛不断安抚、宽慰
每一艘船都乐此不疲
笨与不笨的船，有
八分力气，总当作十分使用
一生都不偷懒，不罢工
从不讨价还价

雨淋湿了江南，太阳
很快又把它晒干，我臀下的

青草开始发黄，黄昏不忍
与我对视，夜晚点着灯笼
不知是迎接我，还是迎接船

梦蹑手蹑脚，覆盖了水的潋滟
我也走进梦的深处，与
南巡的皇帝遗落的宫女私会
让她告诉我古与今，幸福与痛感

2017 年 4 月 1 日晨，于湖州荻港渔庄

最最清明的西湖

今天，西湖的波浪最最清明
最清明的眸子里樱花缤纷
许仙看透白娘子的罗衫
我看到的是万千种心神不宁
清明的波涛表示内心的激动
阴阳两隔的天地空蒙迷离

生者与死者的见面，如白堤上
爆出的桃花与柳条的握手
一种红尘与绿意的匆匆相逢
虽然不再隔着万水千山
虽然不再泪流满面
纸鸢在天上忽上忽下
就像湖面上摇荡的千艘木船
都是魂不守舍的样子

苏堤白堤杨公堤，西湖

三根硬骨头，支撑起

四月的万种柔情

岳飞岳云的坟头各多一枝大菊花

一枝白的，是清明的脸孔

一枝黄的，是我死而复生的英雄情结

2017年4月4日（清明节），于杭州西湖

雷峰塔的精神

以岸为枕，以天为被
白云是流动的花朵
又像来来去去的客人
苏堤白堤是恰到好处的蛾眉
柳丝的眉毛，桃花的眼影
湖风呼吸出一万种风情

穿梭的船舶，织一湖春锦
叫春的鸥鸟，叫出春旺时节
最撩人的高潮部分
雷峰塔屹立千百年
南国平添一分阳刚之气
它的影子，在
西湖里，绿荫婆娑的
夜，埋葬了重重心事

塔底的颓垣，扒开
疼痛，给春风看
法海之魂，让一个
荒蛮的时代与繁华对质

2017年6月初，于长沙市

翠华山遇雪

等你，一等就等了大半生
直到昨夜你才悄然来临
你安静地蹲在我寄居的旅舍
看我做梦，软化我的呼吸

清晨，我全副武装出发
在你的胴体上留下深刻的印痕
迟来的履足，是这个早晨
你我第一次相拥
我的披挂是一种生存的伪装
如果脱下貌似的赘物，我会
暴露出瘦小、软弱、疤痕
会被你冻死，然后彻底抛弃

在天池里，看到了水底大山的诡异
看到了你的洁身自爱与心神不宁

芦苇的白睫毛被雪加强了白

与垂铃木红叶和红叶上的白雪

一起枯寂，失落，飘零

使我想到了一座伟大的山

香消玉殒后的丑陋与狰狞

山崩的乱石，表明了翠华山

曾经有过一场震天动地的情变

道貌岸然的高峰为谁舍身玉碎

这场雪有一点薄，未能覆盖

全部的真相，巨石、裂隙、洞穴

都有漫天的雪力不从心的地方

而我，只管履雪逶迤，寻一枝

红豆，觅一树黄枫，呼吸清凉世界

从栈桥上踩下第一行前行的足迹

颤巍摇晃，越过万丈深渊

2017 年 11 月 19 日，于西安翠华山

一个饭局，一场对话

——赠诗人吴文茹

一尊明月坐在长安
嫦娥端着一杯云雾茶出来
透明的月壤隆起一座终南山

黑桃木餐桌划出楚河汉界
横亘在滔滔的谈锋之间
南北对阵的单枪匹马
既无厮杀，也无鸣金呐喊
掷下诗歌的旌旗纳头互拜

我只需要翠华山里的一个山洞
既不藏经，也不做隐者
只想将世界的纷争雪藏起来

世无净土，肉身只能在尘世扎寨

唐朝的弦歌早已止息，谁敢奢望冠绝千年

2017 年 11 月 23 日晨，于西安钟楼

雪拥蓝关马不前

一匹养尊处优的枣红马
乘隙溜出了长安城
扬起的黄尘被西风吹没
再无留念的枯叶斜过马鬃
马背上的人捋一捋胡须
关中平原已退居身后

蓝关古道上的花喜鹊
送来几声山野味的问候
寒鸦殷勤地陪侍在鞍前马后
赤身裸体的白杨树
毫不虚伪地植入眼瞳

东南百里，雪已厚覆
壮志凌云的人，马已消瘦
前途在雪原茫然无措

马蹄已跨不出雪的温柔

回望来路，道远流长山阻

暂且在蓝关的风光里踟蹰

2017 年 11 月 23 日上午，于西安北站

辋川寻王维

辋川好像是变成忘川了
王维的故居是寻不见了
王维的足迹湮没无闻了
连王维墓都假得要死
只有王维栽下的那棵银杏树
在感恩节这一天，从天空
撒下大把大把的黄叶
有人看见的是一枚枚金币掷地
有人听到的是一声声叹息

辋川的隧道是超出王维意象的
高速公路也在他的想象之外
汽车、飞机经纬出的意境
是他禅意境界里未来的部分

王维不管不顾地写着画着山水

《山居秋暝》留在唐朝正切主题

朝代可以改换，改换不了的是诗画山水

文人士子的理想国，基因仍有迹可寻

2017 年 11 月 23 日上午，于 G98 次高铁洛阳段

大峪寻隐

寒山，寒雪，寒鸦

瘦林，瘦石，瘦水

山居，山岩，山洞

隐者的青袍黄衫

孤独了大峪的冬日

深山为何能酿清泉

危崖为何易藏寺观

据说："大隐隐于市"

难道真的是"小隐隐于山"

学会放下，崇尚简单

吞吐的是雾岚

无须皈依，心静自然致远

2017 年 11 月 23 日午，于 G98 次高铁武汉段

长江黄河分水岭

从此分手吧，再拥抱一下秦岭
别回头，你奔你的黄河
我奔我的长江，缘分既尽
何须苟且，言欢的时辰已过
该下山了，走自己的路
翻自己的宿命，不要比高下
不要比长远，不要把宽窄
放在忖度里面。对滞缓你步伐的山
我们低头绕行，对纠缠不清的草滩
我们平和而从容地报以激沥
什么南方与北方，稻米与麦浪
什么暖温带与亚寒带
什么四百毫米与八百毫米降水线
人为的羁绊欲将秦岭五花大绑
而我们，自求解放，洒脱一点

无论一路波澜壮阔，樯帆云集

还是一路曲折迂回，平缓舒展

宿命无解，终归大海

由有我而无我，不分彼此

在天地的怀抱里，梦碎梦圆

2017 年 11 月 23 日下午，于 G98 次高铁岳阳段

在岱山岛上，做一个蓬莱仙人

东海一直躺在这里，不离不弃
胸怀坦荡，甚至不拒止污泥浊水
我认为的虚无缥缈，其实商贾云集
看到的船帆穿梭，只是过眼烟云

星空一直住在头顶，没有遁入空门
银河滔滔，一架鹊桥就能飞渡
舟山跨海大桥，伸出旷世的手臂
能不能接回牛郎织女的浪漫与爱情

而我的双眼被尘世蒙蔽已久
隔着一道一道功名利禄的藩篱
花开过，又落了，树木正在觉悟
人的旮旯里，原来藏着海阔天空

今天，我从桎梏里解放肉身

在岱山岛上，做一个蓬莱仙人
不贪和风明月，不恋海市蜃楼
只当清心寡欲的一滴海水

随波逐流，以海为荣，浪迹为生
放下闪光的石头与锈蚀的桂冠
要说，还带着一点梦想上路
那就是卸掉贪念，抵达无我之境

2017 年 12 月 24 日凌晨，于舟山群岛之岱山岛

北回归线

我该回去了，北方
虽然才踏入你的领地
将那缕最正最直的光赠予你
日晷无影，我最光明的时刻
虽然有一点勿忙，直射的箭镞
在北回归线的弦上

这条线上的撒哈拉沙漠还是没有人烟
埃及金字塔的惊叹号还立在历史深处
珠穆朗玛峰冷漠的头颅不关心人类
马里亚纳海沟让地球深刻无比
百慕大三角的魅影还在恐吓飞机、轮船
战争、贫穷、饥荒还在南北徘徊

我带走了最后一把正直的阳光
也给你留下了光明最强大的一天

此后，我将阳光与阴影一起留下
让北温带生活得更有尊严

一年后，我会重返，再见的时候
我们不为惋惜时光的奔跑
只为期待明年的重逢
来一次拥抱，让泪雨扑入
热带雨林，让烧灼的内心
在赤道两边点燃世界吧

2018 年 2 月 19 日凌晨，于云南普洱

在云南

以一颗春节之心
以一辆大巴或一辆面包车的速度
在云南的路枝上摇曳

一座城在高架桥下学习安静
水田照见没有耕作的人们
几株正襟危坐的木棉
吐着火焰，嬉戏过客似的白云

接到一个来自北方的电话
红河，激灵得打了一个寒战

2018 年 2 月 23 日上午，于赴红河州路上

人生之旅

长江黄河，在变老变瘦
我的青筋却在变壮变粗

雪山冰川，泪水滴得越来越快
我的泪腺不再泛滥，渐渐枯干

雄鹰的蓝天，雨将白云染黑
我的天地却日益透明澄澈

雅鲁藏布江畔，云杉与川西柏
长成参天大树，就像一群伟丈夫

而我在湘江之滨，凌云壮志
已随着乡村的灶火一道萎缩

岁月再也难以穿烂一件光鲜的衣服

功名的落叶找到了自己的根部

悲喜交加的大戏终究曲终人散
逍遥的鼓乐之声变作安魂曲

利禄总会烟消云散
即使命长百岁

走过的八方四面变得索然无味
南北东西都归化为足不出户

千年的胡杨林在沙漠里倒伏
乌有乡里栽下我们的骨与肉

天大地大，曾经没有我的心大
如今擦掉尘埃，只照自己的高天厚土

2018 年 8 月 30 日晨，于长沙飞燕庐

常培晨思

一只大鸟从夜空漫步而过
发光的羽毛沾湿了常州的初霜
离太阳还有一个时辰的距离
我在阳台上咀嚼大地的安静

操场的跑道就要与大脚小脚邂逅
远道而来的运河就要拉开波浪的拉链
高速公路和国道省道就要起床奔波
天地啊请慢慢醒来，不要急着回到红尘

白天，哪里安放一张书桌
课堂的和风细雨也会溜出窗棂
鼓舞着园子里的鸟雀虫鱼，还有
枫树的叶子，与那些月季紫薇

长成大树的，我叫得出名字

花花草草，我认得她们前世往生

旧朋故交，终将相忘于江湖

我们履足的地方走来一拨一拨新人

2018年9月4日凌晨，于建行常州培训中心10号楼

在沙湖，蜷缩成一粒沙

我们曾经像沙湖的芦苇疯长

藏起春夏秋冬，如同藏起一只只大鸟

太阳的刃，将芦花打磨得恰好白头

隐去了它们青春的烦恼与壮年的得意

任船只穿梭往返，编织时光的大网

啊？！网住了所有的动物与植物

怎么也找不到哪怕是一条漏网之鱼

当我上岸，沙丘正好被阳光煮熟

也正好，充实我的饥肠辘辘

这里有山有水，还有沙漠与长河落日

正好给我补钙，完善境界与格局

最好是蜷缩成一粒沙，落在

谁也分辨不清的大漠里

谁也不会为一粒沙子煞费苦心

去设计谎言，去布置陷阱

做一粒普通的沙，这样

可以逃脱沙金的厄运——

被宠幸，也被玩弄于掌心

只需要一点阳光、一点雨露

偶尔被一只骆驼踩着，也不会坏了身子

也不会企望当成伯乐的一次面试

然后，还是随风而落

保持一粒沙的初心，皈依于大漠

既得安生，也不会与一群芨芨草

或者沙棘丛，或者沙枣树

以邻为壑

2018 年 10 月 19 日晚，于长沙白鹿居

仰望着雁阵的呼啸

掠过北方天空的，是雁阵

是排山倒海的呼啸

疑似镇北堡的烽烟四起

疑似元昊大军攻城略地的呐喊

疑似城破溃兵的号叫

那是范仲淹的"衡阳雁去无留意"

那是一个一个的"人"在泅渡暮色

那是一个在冬天仍然不忘仰望天空的人

被一排又一排义无反顾的雁阵

拔光了昔日绚丽的羽毛

从此，我丢魂失魄在北方

快百岁的老母，又该点上油灯

提着撮箕，到家门前的那一条黄河

为我

招魂

2018 年 10 月 19 日晚，于长沙白鹿居

贺兰山的落日

一个外地人的落日
悬挂在贺兰山的上空
像一顶江南新编的草帽
收藏着稻谷的金黄

落日倾泻的光,显得慈祥
麦子已打捆,早已收敛锋芒
杨树林拍着无数黄叶的手掌
我从历史与地理书上破壳而出
在贺兰山的英雄气概里
做一个小矮人,自惭形秽

六百里贺兰山,屏风南北摆放
晚霞的泼墨极尽浪漫的回眸
那些备受夕阳眷爱的城市、乡镇
像出浴的新生儿,光鲜迷人

此刻，贺兰山是一条彩色领带

给雄阔的北方抖擞了——精气神

于我，恰恰拴住沉落的辉煌

像拴住一匹桀骜不驯的骡子

不再让它逞匹夫之勇

2018 年 10 月 19 日子夜，于长沙白鹿居

西夏王陵观感

出贺兰山口，看到平地里
长着一堆土包，有高有矮
一个个面色灰白，远远不如
一顶顶蒙古包那般鲜艳

没想到，这些其貌不扬的土疙瘩
在我掏出六十元人民币之后
竟然变成了壮观的王陵，一座一座
两百年西夏王朝的微缩版

一群群观光客，奇装异服
王陵里的宫娥嫔妃不知怎样嫉妒
指指点点，嘻嘻哈哈，嘀嘀咕咕
镜头里不时扬起脚下的尘土

我看到了血，看到了恩仇与报应

王朝之树，有时在春天茁壮成长

有时在早晨速朽，或者在黄昏

被送进百姓煮食扬汤的灶炉

满树的叶子，在腥风血雨里不知所终

那时的黄河总被热血所澎湃

那时的大地总被英雄摁住头颅

耀武扬威的闪电，瞬间的张牙舞爪

万钧雷霆，失德时也会摔下悬崖

2018 年 10 月 20 日晚，于长沙白鹿居

沙坡头之悟

沙坡头，沙是货真价实的
沙子掺了阳光，但没有当沙金出卖
可脚踩可手筛，可以上滑板开沙滩车
在风里旅行，可以刷出明显的存在感
当风站着的时候，沙便落地为家，随遇而安

沙坡头，坡是名副其实的
坡的黄沙板支在那儿，陡峭、光滑
怎么滑、怎么滚翻也不会溢出世界之外
坡的脚下，系了一条黄河
像一根宽宽的安全带，为你保险

万一从 3D 玻璃桥失足，从溜索上失手，从蹦极塔上失身
也不用怕，黄河里装着羊皮筏、快艇
快艇会送你上岸，羊皮筏会将你救拔

玩得出了汗，可以撕几片白云擦脸

玩得忘乎所以，肯定是天帝纵马蓝天

豪饮黄河如灌醍醐，于今天幡然自悟了

2018 年 10 月 27 日，于长沙白鹿居

中华黄河楼

垂直于黄河的距离越远
越便于与九天对话，黄河楼
越像大地竖起的一根鞭柄
舞动黄河，呼呼有声
长鞭逶迤，蛇行旷野
吞吐的云雾，厚的
可遮挡百里青山，薄的
可做羊肚巾

天际线落下来，如长鞭
叭地抽在皇天后土上
溅泼的白杨、水柳，还有
苞谷，落满两岸
从南边迢迢递过来的一只水手
刚刚被黄河楼握住，又伸向了北边
勇往直前的波浪，深刻着鞭痕

如果黄河楼是一把酒壶的握柄

那么，吴忠这个号称西北最大的体育馆

就不是鸟巢，它更像一个小酒杯

享受着九曲流觞的诗酒浪漫

它盛不下的黄河，被倒向一盏大杯

可让牛羊怀春，可让舟船销魂

这个大杯，他有一个

装得下天地的大名——中国

2018 年 10 月 27 日晚，于长沙白鹿居

致敬黄河

巨豹般的巴颜喀拉，八百里雪风

吹您或蹲或卧的凛然

吹动您雄性的鬃毛，像白色的旌旗

吹起约古宗列母性的涟漪

在钵子大的黄河源头

我双膝跪地，两滴碧泪

一滴是鄂陵湖，一滴是扎陵湖

中国龙从这皇天后土腾飞

日月在您的波浪里神出鬼没

天与地，为您张开磅礴的胳臂

弯曲，是一种忍辱负重、独立的禀性

直行，是一种自然天成、自由的精神

龙羊峡、李家峡、刘家峡、青铜峡、三门峡

一道一道的紧箍咒

改变不了您的性格、脾气

水库波光潋滟的逗留

为腾龙蓄精蓄势，加油养锐

偶尔的放纵让两岸的神经绷紧

哪怕任性一下，泛滥一回

也会让八千里大地痉挛不已

但您是自我约束的典范

让土地不再饥瘦，让庄稼的幸福

开成霞光的酒窝，让杨林、柳林

吞吐的绿风哗哗有声，甚至羊皮筏

也能在漂流时，练就弄潮驭浪的本领

一座座黄河大桥，像一个个.金手镯

让黄河母亲，更显雍容、富足、华贵

把搏风击雨的海燕、踏浪而行的轮船

全都拥入波澜壮阔的怀里

2018 年 10 月 28 日，于长沙市

阿拉善

沙丘，爱把自己弯作弓
据说在巴丹吉林摆得最高
在腾格里放得低一些
不管高低，它们都爱弯曲自己
都爱射出太阳。站在高处的

太阳，也会腰酸背痛
也站不多久，站不太稳
带着一点点的摇晃
跌下来，像一只足球
砸进大漠里，溅起
百里霞光，给大漠盖上
一床金丝绸的薄被

与雨水无缘的沙漠
偶尔会用湖泊证明自己

也爱水性杨花，甚至沙浪
也会扬波，甚至胡杨
也会将金秋，攻入黑水城
占领额济纳，完全是当年
成吉思汗般的
气概。溃退的是风

迅即卷土重来，土尔扈特人
也拿它无计可施，喝酒
用大碗，不时地
晃出星星或月亮，吃肉
用刀子，切下的小块
是一天一天的日子
切下的大块
是春、夏、秋、冬

2018 年 11 月 8 日凌晨，于岳阳南湖阿波罗御品酒店

黄河坛是一个大手笔

不是黄河太宽太长
而是黄河楼太高，有点阻挡白云的河道
而是黄河坛太大，任黄河浩荡也灌不满一坛

无人机跑一趟，也累得精疲力竭
趴在河岸，干瞪着那只大大的单眼

黄河在这里打了一个大钩
钩住一大片湿地，有如北方的复眼睁开
没被钩进去的镇河塔孑然一身
而黄河坛，是一个敢于打钩的大手笔

2018 年 11 月 12 日深夜，于长沙白鹿居

我想去往一个温暖的地方

我想去往一个温暖的地方
那里天蓝云白，碧波荡漾
银色的沙滩踩着尘世的美好
茫茫大海，有彼岸可以慈航

我只要一间寮屋安置肉身
有一座青山可以让灵魂依傍
从早到晚的风吹拂着善意
如瀑的阳光有爱的身影徜徉

2019 年 2 月 25 日晨，于惠州学院

巽寮湾

放大了一万倍的水池

储存着闪闪鳞片与动荡的丝绸

大海的咆哮之声压得很低

不知远航的渔船在哪里撒网

站在波浪里的游船、海鸥上下翻跶

船老板使劲撒开一面大网

几条小鱼兴高采烈上船

游客指着渔网说三道四

而我们被另一张大网捕获

细软的白沙滩按摩脚板

海岸线松弛的弓弦

不再紧绷着脸孔放箭

射出一串串脚印，被涨潮

全部收割干净

高高大大的椰子树，挺直腰杆

只对风点头，不对风哈腰

两扇落地大玻璃后面

心眼都是透明的，眼见心感

皆是天赐

如果给寮屋注入大海

寮屋也会心潮澎湃、热泪飞升

2019 年 2 月 26 日晨，于惠州巽寮湾

海湾畅想曲

一滴泪，噙着饱满的夕阳

张大爪子的金龟在海天间隐遁

绿叶与黄叶交替

鸥鸟进入春光洗浴模式

在青藏高原十二年，想在海边搭一间草屋

二十多年之后，终于将梦想在海边安置

落地玻璃窗子，钢筋水泥墙体

一个客厅拎着两间卧室

巽寮湾，苏东坡起居的寮屋

早已绝版，无迹可寻

这个火柴盒一样的蜂窝

嵌在摩天大楼二十七层

面朝大海，孤帆远影，冷暖自知

2019年3月2日晨，于长沙白鹿洞

海边购房的感觉

我与妻子高铁转汽车到稔平半岛
海景房的欲念之火在潮水里燃烧
上周二，不顾风险掏出来银行卡
刺啦一声，将一个邀约彻底履行
在暮雨来临之前，为黄昏备好巢

没有晚霞的黄昏可以椰风海韵
荡漾在心里多年的海岸线
变成自家窗下的绢帕
银色的沙滩，质地柔软
把内心拧不出的海水吸进

高楼林立，我们成了林中的候鸟
从长沙到巽寮湾，观念的大鸟在飞
金钱的厚薄，也有寒冷与温暖的距离
借助大海打开余生的书本啊

像一对老来得子的夫妻

乐见惊喜，牵挂频频

具有鸟一样的无限可能

2019 年 3 月 3 日晨，于长沙白鹿洞

与幸福为邻

追一朵云，去大海边
拴住被南风鼓吹的风帆
天涯海角的礁石冒出青烟
被椰子树高举着，远离凡间

远道而来的人，站在椰子树下
白云被椰树尖尖的指头
钉在眼瞳里，梦一样扎根
等待柳毅传书

楼太高，云梯可以傍上窗口
星星对着窗玻璃反复倾诉
激动不止的海水，歌声谙熟
隔着一堵墙，摸住了幸福的裙袂

2019 年 3 月 21 日，于惠州大亚湾

一次不再回首的远行

——悼友人

这一次，真的是远行去了

远方幽蓝，山与海寂立无言

鹰的天空垂下白绢

白翅划开波涛

引领一个灵魂泊向彼岸

曾经的万水千山

从你的车上卸下来

曾经的万丈豪情

瞬间凝结为白霜一片

曾经的笔走龙蛇

被终结成一副黑白挽联

西天的那颗文昌星

照耀着须弥座上冷却的头颅

那一支椽笔，在人间

竖起，成为我们

观瞻的文昌塔

2019年4月9日下午，于长沙云海松涛斋

在鲁院荡秋千

棚顶木格切出一块块的天

这一块荡过来，那一块荡过来

两棵法国梧桐的垂铃也荡来荡去

离鸟逝于苍茫，来鸟满口新词

塞满早晨的车声奔荡而至

昨天，已经被荡到了大墙之外

丁玲、张天翼、吴伯箫的铜像荡过来了

满院的黄杨、银杏、月季也荡过来了

柏树、槐树荡在左边

桃树、柽木、红枫在更左的墙院

再往左，就是鲁迅医人的园子

荡回来时，心病已治好了大半

荡起来的童年跌入稻田

乡愁摔在地上，爬不上秋千

我在城市与乡间荡来荡去

将摩天大厦用来憩足打尖

早晨荡到背后，黄昏荡到眼前

时空的秋千上，生命无法再荡回来

2019 年 5 月 12 日晨，于鲁迅文学院十里堡校区

北京地铁里的泡泡

密密麻麻的泡泡时沉时浮
互相挤挨的泡泡原是人头
在站与站之间生生灭灭
循环反复地做着练习

苟活于世的泡泡
无法计量活的长短
只要有过自己的闪亮
随车而逝，也绝无遗憾

2019 年 5 月 15 日晚，于鲁迅文学院

邂逅灵芝与仙草

喜马拉雅山。墨脱。云杉林
一棵灵芝在陡崖上孤绝地攀升
撑开穹形的伞，像鹰的膨胀野心
舞动的彩虹，原是攥紧的流云

西双版纳。热带雨林。铁皮石斛
在树的节瘤处，欣然聚集
跳起来，再伸出手，都够不着
一条条引颈向上的青色路径

我邂逅的，都是吉祥之物
它们生长在高处，脖子上佩戴
日月星辰，远离尘世的脚
在《神农本草经》里留下屐痕

接近健康、洁净、向上的事物吧

不管自己能不能变得超凡脱俗

长生不老的海市蜃楼里，春天

正从日渐枯朽的肉身内——诞生

2019 年 5 月 21 日上午，于鲁迅文学院

海之恋

漂移而来的，蔚蓝的海
奔跑而来的，高举的云帆
扑面而来的，银鸥的闪电

浪涛的呼吸，比浪涛更急促
撞向海礁，虹化出壮美的表白

海岸情不自禁地欢呼相迎
伸出的胳膊，搂定海的涨落

夕阳西下，霞飞海天
暮色显影出来的，如梦如幻

2019 年 7 月 14 日晨，于长沙白鹿洞

在独秀峰上观日落
——兼致桂林诗友刘春、陈贵根

天空太干净，用漓江水洗过的天空
洗去了所有的铅华，洗出的湛蓝
似轻薄光滑的绸缎，盖在桂林头顶

落日显得过于纯粹，没有一片
虚伪的晚霞，没有一鳞半爪
装腔作势的云，剩下的仅仅是圆美

请看看这一只金龟吧，它在暮色里爬行
爬向大地布下的口袋，从容而淡定
这是没有拉帮结派的群山，虚构的幻境

"此刻，夕阳就像一个瞌睡的老者" ①

---

① 陈贵根《独秀峰邂逅初夏》句。

松开了搂着的独秀峰，放下了靖江王府

金龙紫袍上的华彩、名望与光荣

2019 年 9 月 23 日晨，于桂林红璞礼遇酒店

三千漓，可触可摸的人世

兴坪河水清且浅，可漂起一只只竹筏
竹筏上的鱼鹰，爱炫耀水中叼鱼的绝技
弄破了凤尾竹的朦胧静影，却拒不理赔
水里江山，可作一幅幅抽象画，可演一部部变形记
燃烧的美人蕉与小河达成了水火相容的默契

河水用之不尽，我只舀几瓢属于自己的清澈澄碧
恰好能将三千漓的诗情画意浇透淋湿
而我的当务之急，是从阳朔大地取出一柱石峰
加固我的脊梁，补充我的钙质，它曾大面积流失
面对失足坠入漓江里的那一轮落日
我无力用三千漓的渔网将她捞起
但我还是欢呼：水淋淋的太阳
在三千座峰林中，一次次王者归来

玻璃幕墙上，残照犹留下碎金细粉

水面夕气生成，渔樵耕读牵着暮色迤逦而回
饭菜飘香，芬芳黑夜的都是友谊与爱情
灯下窗前，溢出的尽是天伦的乐趣
远山近水变得模糊，我们可以不管不顾
我们只要月圆窗棂，只要这可摸可触的人世

2019 年 9 月 29 日晨，于长沙白鹿居

束河夜游

灯结果在大街小巷的枝杈上
一颗颗饱满的石榴炸裂，光的汁液
流泻一地，门前滑如绸、凉如缎的
逝水，又多情地将五颜六色拾起
青石板驿道，循环往复着马颈铃声
一拨一拨的平仄音韵，在缤纷的
光芒里，无风也会悠扬、自鸣

柳丛的眉毛浓密，杨林的睫毛茂盛
树的间隙留足了窥星觅月的机会
白脸孔的玉龙雪山，不管夜里如何
洁身自好，白天如何崇高晶莹
只因为超拔于人间太多，孤傲天成
飞短流长一直活跃在它的四季

我萌动着一颗寻芳猎艳的春心

但一株祁连山南麓的雪莲花，披雪含冰

在我的青年怒放，在我的中年妖娆

束河的茶马古道，很长，很细

如雪莲花的发达根系，牵紧了

一只白唇鹿，和它一起腾云、绝尘

2020年8月4日凌晨，于长沙白鹿洞

2020年9月13日黄昏改定

丽江古城吟

震耳欲聋的打击乐，歇斯底里的歌声
古城之夜被撩拨得热血沸腾
从容不迫的大水车，世间春色阅尽
将或明或暗的流水，攥成丝巾

一米阳光很短，一万米的欢乐很玄
劲歌狂舞可以煮沸雪水的冷漠与孤寂
人影幢幢，逮不住一个倩影
酒吧里的陶醉像白昼在夜色里沉沦

太阳的红皮球从东山脊弹起
白纸剪出的薄月在西天突然被撕走了
日月同辉，邂逅出短暂的美好
分道扬镳倒是旧友新交的习惯场景

夜夜笙歌给需要它的人好啦

欧阳江河的橡笔流成雪山的白瀑

丽江啊，到过一次足慰平生

今日重来，以黑龙潭的雪水销魂

2020 年 8 月 4 日日出月落时分，于长沙捉月楼

2020 年 8 月 23 日，于丽江古城机场改定

在惠州看房

道路的枝条向四处伸延
叶子一样的楼房密密匝匝
望不到头，也看不到长尾巴
蓝天的布匹也盖不住
白云的访客进进出出忙个不停
一天得用阵雨豪洗一把脸
早晨的火烧云加热所有的屋顶
离开所有的窗户时，夕阳有所牵挂

我们坐着电梯上上下下
房产中介的钥匙打开一间又一间房门
开门时都有朝霞晕染双颊
关门时正如蹙眉敛额的晚霞

老婆看的房子就像树底的叶子
不挡日晒，接地气，听得见青蛙

中间小区花园的花朵伸手可摘
仲恺大道的车声不怎么嘈杂

而我总喜欢攀爬，想折高处的枝叶
绝无鸣蝉的"居高声自远"的想法
心里的垃圾已塞满，再无惧噪音
让远山作屏风，免得一不小心走失天涯

2020 年 8 月 7 日晨，于惠州佳兆业一号

219

又见贵阳

看着阳光的金手指撩开晨曦的窗帘

蓝天的帽子白云的盖头下面

贵阳城睁开了青山绿水的睡眼

只见贵阳长高了，高得摩云接天

青山矮了下去，像一个个碧螺放在碟盘

四五十层的楼也不敢自称高高在上

双子星座从云端里将太阳接引下来

我坐在三十六层的落地窗前

看到白鞋子黑鞋子一样的汽车

从昨夜的灯红酒绿里醒来

如涓涓细流汇集到街上

高架桥举起一条条流动着汽车的河流

奔腾的流波比南明河还生机勃勃

而如蝼蚁的人们缓行在街街巷巷

他们建筑巨厦作鸟巢栖居

放飞白鸽在梦域里搏击风雨

听啊，那一声声十分克制的鸣笛

正在为喧闹而美好的一天揭幕

2020 年 8 月 20 日晨，于贵阳格盟酒店

云孩

作为一朵云，他姓赵，却不敢
自称赵云，他漉干抚仙湖
波动不羁的碧，疯成了束河
山朵客栈里狂放的流浪者
把客栈打理成云的巢穴
将迎来送往当成云的聚散合离
闲暇时光，就去登高望云
让层云的波浪不断拍打心堤
云潮漫过黄昏，他才选择逃离

他经常专注于一朵一朵的云
是如何在灯光迷醉的上空徘徊
体察它们的喜乐与忧伤，离愁
与别绪，直到将某一朵穿着
红霞的云，或蹬着高跟鞋的云
用手机捉住她们，带回云巢

与她们把酒言欢，却怯于表白
用各姿各色的娱乐，去挽留
把其中的一朵，称为小姐姐
而把轻歌曼舞的一朵，收为弟子

几个云的孩子，将追求远方当作漂泊
而将漂泊当作托钵人生，向
芸芸众生化缘，直到建筑一座
属于自己的寺庙，用于容身

2020 年 8 月 22 日晨，于丽江束河房官花园酒店

元宝山下

一

平地而起的元宝山，马帮在此歇脚
驮着茶叶、盐巴、布匹的马队
从云里来了，又到雾里去了
徙走的商旅不时有人从行商改为坐商
傍着纳西人的客栈，开一爿商店
把元宝山当作靠山，或许当作金山银山

如今把它当作画屏的人，车来车去
他们或背着画夹，或握着单反相机
把它当作元明清的山水画，临摹、定格
更多的人是来洗涤风尘、暂得安宁
亦如女人栖在幸福林，绕枝三匝
亦如男人泊进加油站，旨在前程

一

三门峡的小左夫妇被两个东西魅惑
束河水太过清亮与柔情，元宝山特别葱茏与淡定
于是，举家南迁到元宝山半腰之处
倾囊建筑一座客栈——闲人居
在屋顶搭起瞭望台，让客人抚弄山的垂发
将白云当轻音乐，将雨云当变脸的情人
生生不息的灯红酒绿，可当作梦里的繁花

闲人居的主人心闲而身不闲
闲人居的过客其实是忙里偷闲
倒是大学来的美术生、影视生
愿在此登高望远，把自己暂做一只野鹤
陪着天上的闲云在元宝山周围遛弯儿
偶尔掐算一下自己的星座
向东，向西，向南，向北，或向天空
测试远方与自己可能发生的关系

2020 年 8 月 28 日晚，于贵州荔波

225

玉龙雪山

扇子陡馈赠过我日照金山
欣喜的泪滴凝结在蓝色的冰川
那些以滑雪来表达惊呼的人
如今的日子过得是否惊喜不断
几个裸着上半身自拍的雪地青年
是不是还葆有当年的纯真与浪漫

今天，雪山的帐幔百里绵延
如新娘的盖头隐藏玉龙的额眼
高尔夫球场少了潇洒的挥杆
城市乡村多了文人墨客的灵光闪现
从绿雪冰川舍身跃下的瀑布
依然在蓝月谷忘情地呐喊

我把重游的心得体会，有些写作
行云流水，有些写作鲜花烂漫

还有一些呢，写作冷杉雪松的傲骨

最壮丽的一页，写作玉龙雪山的伟岸

2020 年 8 月 31 日凌晨，于贵州铜仁

瀑布，电或孳息

黄果树瀑布的大算盘横挂在青山间

串在一起的算盘珠，连绵不绝的算盘珠

落入深潭。深潭是一家水的银行

浪花是硬币，水波是纸币，全部都是

银行的活期存款，连本带息

被河道取走了，也许用于救济

远方枯竭的沟渠、干坼的田地

也许用于两岸的树木花草的润笔费

也许用于集资，积聚江河的力量、湖海的深沉

或化身光明的果实，或沿着

电线的走廊，在机床上大声打呼噜

在电脑上、在电瓶里踩出脚印

有时进入人的身体，让病人

起死回生。从河道里取出来的钱

用之不竭，被瀑布的算盘精算过的流水

其孳息，能利益所有的生灵

2020 年 9 月 14 日晨，于长沙白鹿居

婺城烟雨

冬雨真的贵如油，赶在初雪到来之前
落在琅琊村的绿叶上，绿叶油光闪亮
落在宾虹路的黄叶上，黄叶绚丽透光
落在黄大仙观的红叶上，红叶红光满面
这雨雾，原是双龙洞的双龙，昂头喷出来的
竟然喷出了满山遍野的水墨丹青
龙尾吐出流水，吐作洞里的冰壶瀑布
导游说，这是金华火腿馋出的龙涎
而那些不太恋家的龙，卧成
沙畈、塔石、莘畈、箬阳的山脊线
和一列列急性子的高铁一样
游走在一帘接一帘的烟雨之中

田畈里的谷粒，早已充实到仓储
树上艳润的果子，装满千家万户的果盘
茶花、桂花、杜鹃花此时隐身不见了

宝塔摇铃，万佛塔撑起一把金灿灿的伞柄

撑开乌黑的雨云蒙着的天穹

婺江、东阳江，仿佛上演着水幕电影

急急忙忙的车子无心观看，红肿着尾灯

一辆一辆，都朝着家的方向赶路

赶向这最后的遮风挡雨的去处

2020年11月23日晚，构思于金华万佛塔，

写于伟达雷迪森广场酒店

大雁南迁

从昨天的太阳蛋里破壳而出
大雁的鸣镝，射向江南的天空
惊动了婺城的细雨和风中的红槭
为了怀旧，又一次开始了南迁
虽依依不舍，却不得不做出决断
虽忐忐忑忑，却不得不迷途知返
它们在金兰水库的上空盘旋
画着一个个句号，终结了北方的跋涉
向南方交投名状：给我鱼虫饵食
给我北方所没有的安逸与温暖

雁迁的故事薪火相传，代代不止
金华的绿水青山就是最美的家园
清波碧水里，倒映大雁知恩图报的心迹
即使水底无云，仍然奋起搏云的翅翼
雁痕溅上画家的速写板

画纸如雪，雁影在上面泼墨

雪地里迤逦出一条雁翔的曲线

给诗人提供了山川依迹可循的魂魄

白沙溪畔，大婶的扇子舞依然舞动着毛毛雨

廊桥上，大嫂大姐的迪斯科停不下来

她们只管抖着彩扇，只管扭动着腰肢

对空中来客、大雁回家已熟视无睹

2020 年 11 月 24 日凌晨，于金华市

夜宿摄影之家客栈

——兼赠杨志学、张书恒

什么叫作万籁俱寂？凌晨四点
你只能听到自己的心跳和呼吸
车声全无，市声未起，连
太平溪、富春江的江声也在安睡
鸟雀已入梦，蝉蛙正冬眠，蛇蝎早蛰伏
游埠镇满镇子的灯光也都合上了眼睑

这一时刻，世人皆睡我独醒
一张床足以躺下幸福的人
一间房足以装满欲望与梦想
而每一间房门口，都装着一台相机
阿克发、玛米亚、禄莱、富士、柯尼卡
还有海鸥、莱卡、哈苏、尼康和佳能
一只只又大又圆的独眼一直睁开着
它们看惯了俊男的笑脸靓女的俏丽

肚子里装满了好山好水好人

它们在摄影之家集体退休

在自己美好的回忆里颐养天年

我仿佛听到了相机的快门声响起

仿佛看见郎静山先生悄悄回到故里

将中国画艺与西洋摄影术融入一炉

为画境与影像举办了一场伟大的婚礼

突然，隔壁书画家张书恒的鼾声响起

诗人杨志学发出了甜美的梦呓

十里田畈即将苏醒，百里河山即将起身

又一个没有日月星辰的日子

将从小巷深处打着油纸伞光临

把祥和带给白天，把安宁带给人们

2020 年 11 月 26 日凌晨，于金华兰溪市

游埠镇郎静山摄影公社

游埠古镇掠影

洗衣杵落下，房摇树晃
画舫动，天摇地也动
雾纱轻笼
五座古桥的耳环戴在河上
雨落下来，河面长满了青春痘
而老年斑挤挨在早餐街的氤氲之中

倒是将街市上的菜蔬洗得翠绿
卵石路、石板路光可鉴人
理发店的大爷施展推、剪、掏耳童子功
农用百器店的大嫂撑起塑料棚
古物店、私人博物馆门可罗雀
民俗影展在文化礼堂的墙上行色匆匆
一道酒文化的墙画，微醺在雨中

2020 年 11 月 29 日，于长沙白鹿园

游芥子园有感

什么样的翘楚才配得上才名震世

芥子园提供了可资考证的实据

芥子可纳须弥，须弥能承受重压——

科场失意、官场无望、商场少利、情场寡缘

扛得住蜡梅为你而黄，放得下紫薇为你而粉

再造一座戏台供出将入相、丑旦登场

使你勘破人生如戏，领悟戏如人生

还要挖一方荷塘，可顾影自怜，可临池自鉴

混浊也无妨自在，澄澈不至于无鱼

睡莲卧于水面，残荷举于水上

可以有风波，有丘壑，但以流水不腐为佳

建一座石拱桥，用来渡己，也渡别人

后人给你塑像，大理石、汉白玉的材质无关紧要

李渔等身坐姿铜像也能产生高山仰止的感觉

还需一座燕又来楼阁，陈列生平事迹和传世之作

如果有金屋藏娇的桥段更好

如果有弟子、学生传承，会更加源远流长

如果再有兰溪的胸怀，容得下才子佳人弄潮

也容得下老僧贯休栉风沐雨的祖庭

让郎静山荣归故里，延请卜宗元

开摄影之家客栈，办摄影器材博物馆

将功德塔建在山水形胜的三江之畔

古城在侧，供人回忆怀旧，让游子憩息乡愁

于是，兰溪达到了天时、地利、人和的佳境

——人因地而名，地因人更胜

2020 年 11 月 30 日晨，于长沙白鹿洞

致敬武汉

隔着宽阔的街道望见了

金银潭医院，夕晖中

面色红润，目光沉稳，神采斐然

像一个凯旋归来的战士

把战疫的硝烟抖落干净

溅起满城的落日余晖

飞鸟斜过天空，观光的飞机

在天空游弋。江面船舶穿梭

地铁在地下游奔。车流滚滚

原来红尘是如此来之不易

状如万花筒的人间，让我们流连忘返

那些温情，那些义举，那些互助

直至逆风飞扬，直至奋不顾身，直至慷慨赴义

我喜欢这红尘，喜欢尘世的爱与恨

甚至喜欢从早到晚的噪音

令人窒息的万籁俱寂

怎敌这勃勃生机，怎敌这欣欣向荣

武汉客厅重新开门迎宾

第六届武汉诗歌节的弦歌再次响起

方舱医院胜过传说中的挪亚方舟

雷神山、火神山都是定海神针

太阳落下一次，便有一次更辉煌的升起

抬望眼，荆楚大地已凤凰涅槃

黄鹤高蹈，龙凤呈祥于神州大地

2020 年 12 月 22 日晨，于武汉卓尔万豪酒店

有点大的一场春雨

雨线一个劲地往田地里扎
一副生无可恋不要命的样子
织出来的雨幕，妄想罩住一切
无比贪婪

油菜花奋不顾身的金手指
一把接住了跳下来的雨粉丝
仿佛捏住一根根沁凉绵软的天线
把成熟的担忧向天庭倾诉

江湖的鼓面，被雨点撩起了水泡
安静的烟川，高铁用织梭缝合
黑瓦上跃起的炊烟，以袅娜的身姿
遥喊耳背独钓的蓑衣翁回家

2021 年 3 月 10 日午，于 G6005 次高铁韶关段

凤凰木

手植一棵凤凰木，守护在朝云墓边
东坡又要远徙，留下它天天陪护
让你曾经的热烈，继续在枝头热烈
鲜艳的脸颊，年年都能死而复活
黄州、惠州、儋州，苦难层层加码
朝云入土为安了，东坡日子过得愈发消瘦

新居落成前，朝云的魂魄已失散了
新居落成后，朝云常以清风明月出入
东坡学造桂花酒，排遣满屋的忧伤
即使断炊了，杯中也不能酒空
茶叶喝尽了，还可以去妙真观与老道品茗
朝云没了，谁能为东坡化解瘀滞之气

巽寮里搁不下笔墨纸砚
镇纸石压不住北来的寒风

但茅屋仍然装得了明月

海风比皇恩浩荡，明月像太后皎洁

住茅屋的人，无须庙堂一样钩心斗角

赶海者，在潮涨潮落之间仍能讨回生活

2021 年 5 月 16 日，于自大亚湾返长沙途中

雨落长沙，不落惠州

一天天都在下雨，何其慷慨大方
一月月都在下雨，对大地放肆示爱
下得灰尘无法冒起，阳光无法出现
其实，一年降水一千毫米就足够了
任性的雨就像父爱母爱一样不管不顾
一个劲地倾倒，只图自己痛快
硬要一年降到一千五百毫米以上
殊不知，"满招损，谦受益"
江河、湖泊、池塘，都腆起了大肚子
水满则溢啊！然后漫漶成灾
雨水让自己变成大地的嫌弃之物

雨水啊，你为何如此钟情于长沙呢
执着于一地的痛快，你是痛快了
长沙人乐意接受该需要的部分
多出来的，会筑高堤坝拦截

还会加大开闸放水的敞口

这不是不懂回报，而是迫于无奈

世界那么大，你可以改变一下执念

惠州正在干旱，草皮急须浇灌

常绿的亚热带植物，也耷拉着脑袋

嘴唇干得起皮，喉咙干得发痒

万物都在将雨水企盼，可是

你在惠州的天空，总是白云悠闲

偶尔变脸，也只是雨过地皮湿

为什么就不能对需要的地方多加关爱

还有柴达木盆地、塔克拉玛干沙漠

喉咙干得冒烟，季节河早已枯干

你为什么偏心眼，对大西北视而不见

对高原、荒漠、戈壁，像一个吝啬鬼

而对东南，对某些地方，滥情无度呢

2021 年 5 月 19 日晨，于长沙白鹿洞

布谷鸟唤醒了衢州

"咕咯""咕咯""咕咯""咕咯"
布谷鸟从天王塔的高处递发声波
紧凑得有一点儿急促
像在催着人们赶紧插秧播谷

插秧机在水田里不用披着雨衣插秧
城里人给大草原插上一簇簇青草
一栋栋高楼矮楼插在衢江两岸
长出满城的樟树枫树，绿叶婆娑

布谷鸟叫醒了早起的汽车之蛙
也终于叫醒了赖床的人、装睡的人
时间在布谷鸟的叫唤里次第醒来
只有醒来的人，才享有这锦绣世间

那一个一个灯火阑珊的夜晚呢

黑暗早已属于时间硬币的背面

酣睡的人也懂一日之计在于晨

否则，必被时间的无形资产丢弃

布谷鸟喊破嗓子，也拦不住

高铁与高速公路在衢州织网

拦不住街心公园的凌霄花

朝天吹着一盏盏火红的金喇叭

鼓动腮帮子的鸟儿们是听不见的

布谷鸟只管自己独自啼鸣

雀儿们在静安湖畔唧唧复唧唧

燕子的剪刀剪出夏天的新衣

城市里的杜鹃花已开过了

飞过衢江大桥的布谷止住了歌喉

请听，一行白鹭撩起来渐密的市声

请看，所有的杨柳都为早晨行作揖礼

2021 年 6 月 2 日晨，于衢州东方大酒店

烟雨廿八都

撑开雨伞，任由仙霞关跑下来的雨
一个劲地对着伞叙述，告诉我们
黄巢的大军就是在这样的烟雨中走失的
我们像一尾尾鱼，会不会游失迷津

游过烽火台的堞口，游过兵营的辕门
游过唐宋元明清的驿道，游过民国的垭口
我们在文昌殿里尝试鲤鱼跃龙门
与巷子里九十八岁的活神仙撞了个满怀

雨湿高墙重门大院，雾润木雕门檐
彩绘的天井藻井，浮着祥云白莲
白墙上绘着警世的故事，吉鸟与瑞兽
有的在梁枋上飞鸣，有的在檩椽上徘徊

摊铺上摆满板栗、清明果、猕猴桃干

米糕、薯花、麻糍、年糕随处可见

粽叶、粽子、菖蒲在迎接端午节到来

乡愁的味道让海角天涯的人也能嗅见

戏台上一对男女演皮影戏《霸王别姬》

就像讲述此地几个武状元离家别亲

国家的使命比江郎山还重还高峻

需要衢江两岸的人挺身而出，奋力扛鼎

收起伞，夕阳的手指撩开了雨幕雾帘

阳光之猫蹑手蹑脚而至黑瓦青顶马头墙

哗哗哗，相机快门又开始回光返照

湿亮亮的鹅卵石路正通向镀金的封面

2021 年 6 月 3 日晚，于金华江山市东方大酒店

唤郎归来

谁的手指，拉开雨云的纱帘
湿漉漉的风，捏着你们的面颊了
抚不平的皱纹深刻在岩壁之上
三兄弟孤立山头，历尽了沧桑

遥想当初，你们受了什么委屈
人间为何不能让你们安身
难道在大山上找到了桃花源
舍得背井离乡，隐忍这么多年

你们上有老下有小，儿女情长
还玩云遮雾掩，欲抱琵琶半遮面
今晨的长衫青褂被雨风鼓吹着
好似 3D 仙境，在宽银幕上播放

现在的田畴丰稔，山无饥馑

炊烟的手臂紧握着幸福的云
桃红的钱塘江源杏花雨的江南
家家户户都迈入了高速公路时代

唤一声江郎啊，不要再犹豫踟蹰
云已开，雾已散，趁着你们还年轻
到新农村里，撸起袖子加油干
归来吧！何况天伦之乐胜过黄金千万

2021 年 6 月 4 日晨，于金华江郎山归途

衢州有礼啦

衢州有礼，不是说在嘴上的
五指并拢，十指相叠
男左手在前，女右手在前
身体前欠，双手向外拱出
形态充满谦恭，脸上写满真诚

衢州有礼，不是写在纸上的
迎宾以揖示欢，送客作揖别离
领导带头行揖礼，市民自觉相随
体现在会场上，反映在民间交往中
谦谦君子之态，在城乡蔚然成风

衢州有礼，不是贴在墙上的
我享受到东方宾馆服务员揖礼迎送
开化下淤村的茶馆民宿揖礼敬茶
根宫佛国的弥勒佛笑意盈面

常山石博馆的奇珍异宝，神采奕奕

衢州有礼啦！有如龙游地下石窟
恒温般温暖着人心
如莲花涧峰村民，长寿的基因传承
如畲族彩绘涂鸦的村庄，竹木欣欣向荣
南孔庙的礼智仁义信，在衢州涅槃重生

2021 年 6 月 5 日晨，于返回长沙的 T81 次列车上

谋杀秋天

夏天与冬天勾结

将秋天谋杀了

昨天高温三十七摄氏度

从峰巅摔下来

落到十六摄氏度的谷底

摔得浑身打哆嗦

常挂嘴上的"秋高气爽"呢

那个让人心怡的秋

甘于躺平了吗

覆上萧萧而下的落叶

像穿着一个礼拜的睡衣

许多的微笑冷得瑟瑟发抖

许多的魑魅魍魉

暂时缩回了伸向秋天的魔爪

而我，尚未摆脱酷暑的明枪

寒冷的暗箭又没入肉体

挣扎的时候，双手

仍将一缕秋阳当稻草拽紧

将一瓶泸州大曲灌下肚

秋天就会发起绝地反击的战斗

2021 年 10 月 13 日下午，于乘川航自长沙飞重庆途中

猫猫河的向往

我的双脚，时不时会躲猫猫

不沿着经络的走向访问生命之源

也无法踏足无穷无尽的黔东南山川

我的两只手，未能伸向猫猫河

鲤鱼出水成佛，青蛙在水中打坐

遥对我沧桑经纬的脸，有露水滴落

河岸的高山，长满更高的松杉林

树枝头的叶子吐露绿的殊荣

苗服上，一枝山茶花高过屋顶

苗绣的河与山，像苗家儿女赶着边边场

银头饰、银项链、银镯子穿戴齐整

在云海山岚里隐现

我想弯下腰，从猫猫河掬起流水

让涟漪穿过指掌，沁入心脾

从木板房走出的小男孩投来一个水漂
吊脚楼窗牖里露出的笑靥递给我一朵昙花
懂得人情世故的翠鸟，从柳树上起飞
用炊烟缝合暮色，如我合上眼帘

我们是从城与乡夹缝里长出的藤蔓
总在高楼大厦与田径山道上往返
就像那一脉清亮亮的猫猫河
源出深山，向着水泊大泽归返
鸭子与白鹅在溪涧里左摇右摆
身后空出来的，是一座水墨苗寨

隔着云贵高原，猫猫河穿透了我的镜片
荷锄握刀的手，也能在一块青布上
将诗情画意绣在星斗与田塍之间
苞谷、荞麦、红薯各自吐出火焰
水稻茂盛，梯田的豹皮晾在山脊间
羊蹄菜与香蒲在河岸，等着伯乐撷采

幽兰吐芳，不在乎蜂蝶的宠幸

苗绣迎迓千万道新生的光线

猫猫河就是一根细长的丝线

绣出南国的长城、南海的风云

红腹锦鸡涅槃成为一只金凤凰

竹笋破壳，将面面绿旗在坡岭招展

2021 年 11 月 17 日上午，于长沙白鹿居

观海

阳光的碎金镶满碧绿的绸缎
浮动的金片从眼前铺向海天相交处
风是温暖的，水藻是柔软的
海鸥亮翅揭示的隐秘也是美艳的
载你出海的渔船，心和面善
十里银滩，海水的裙摆赋形着浪漫
安静的海螺，在棕榈树下屏住呐喊
枝头的黄臀鹎腾闪，宛若天仙
日月星辰，乐意淹死在波涛里面

大海有一张善变的脸，反复无常
又那样深不可测
遇风即刻兴波作浪，张口便要吞天
遭遇礁石、岬屿，便会怒发冲冠
掀起惊涛骇浪，撞向峭壁山崖
舟船瞬间倾覆，碎片狼藉

怒海让赶海人畏惧，避之唯恐不及
大海的善与美，在愤怒里坍塌

向天后宫、妈祖庙供奉三炷心香吧
祈祷所有的赶海人满载而归，平安返航

2021 年 12 月 26 口晨，于大亚湾稔平半岛

再咏巽寮湾

一张银弓，摆在巽寮湾
狮子山伸手将弓拉满
弓背上，有万家灯火镶嵌
大亚湾绷紧了万米蓝弦
射出的箭镞，化成海上的舟船

赶海的渔民，会满舱归来
离家的游客，像冬候鸟乐不思返
海世界，将万千的海韵集结
世界如海，敞开胸怀将万物承载
海的世界，禀性善变，丰姿多彩

此刻，我独坐在大玻璃窗前
不为看渔舟唱晚，不为观石化光电
而是以海为镜，照见自己

几分崇高、几分清洁、几分污垢

看看是不是朽木，能不能做一张弓

2021 年 12 月 28 日晨，于惠州巽寮湾

刻经石

刻了经文的石头会醒来，还会飞
白的是白雉、银鸥，红的是血雉
或陆生或水生在河床、山崖、寺院墙角
荒芜的高原不再苦寒，不再寂寞

刻了图像的石头不仅会飞，还如猛禽
鸥、鹑、鹗、鹰、隼、鸢、鹬、雕、鹫
就会以冰川为镜祷告，在湖泊里打坐
峭壁悬崖就是它们闭关静修的庙宇

菩萨让石头柔软，让荒野具备神性
高原植被稀少，但比人心丰茂
人间的荒原，狼奔豕突、神鬼共生
一颗颗心，都比石头更冰冷、更坚硬

我们是一块块移动的石头，与花草斗狠

没有刻上经文的石头，就像裸体赤身

光是头脑里装满文字、词语还不够

只要额上刻上经文，石头就能坐化为人

2022 年 1 月 23 日晚，于长沙白鹿居

南方洪水

贺龙体育馆，被当作巨大的音箱
一百个大妈扯开嗓子，音箱发出巨大的声响
天空，是一个更巨大的扩音机
把她们拖长的尾音切换成长长的霞光

南方憋屈了一个月，终日以雨洗面
在湘江、漓江、珠江，洪水都很嚣张
大妈们中气十足，声浪一浪盖过一浪
曙光将其搓成捆龙绳，降伏了龙，不再兴风作浪

2022 年 6 月 21 日晨，于长沙白鹿居

附录

湖南旅游诗歌的张家界现象

——第四届张家界国际旅游诗歌节主题演讲

今天，我与大家分享的内容是《湖南旅游诗歌的张家界现象》。首先，我给湖南打两个诗歌广告——

第一个广告是："西湖的碧波漓江的水，比不上韶山冲里的清泉美。"这是说湖南韶山冲是红太阳升起的地方，地理、人文之美是其他地方无法媲美的。这不是我吹牛，这是大诗人贺敬之《回韶山》里的诗句。

第二个广告是："桂林山水甲天下，阳朔山水甲桂林，张家界山水甲阳朔。"这就将话题拉到我们现在身处的张家界来了。这个广告是不是吹牛呢？这后面一句是我加的，但还真不能说是吹牛。我叫罗鹿鸣，梅花鹿的"鹿"，顶多算是"吹鹿"。

这两个广告说的是湖南的旅游诗歌，是诗人用诗歌的形式对湖南自然、人文的客观与主观观照。

湖南地大物博，山川形胜，文化深厚，也是盛产诗歌的地方。湖南风景名胜以"一二三四五六"为代表：一个红太阳升起的地方——韶山；两个中华民族始祖的陵墓——炎帝陵、舜帝陵；中国三大名楼之一的岳阳楼；中国四大书院之一的岳麓书院；中国五大名岳之一的南岳；中国六大世界自然遗产之一的张家界。这些名胜自古至今，都是来湖南旅行、旅游的最佳目的地，也是文人墨客歌咏最多的地方，写这些地方的诗歌作品是名副其实的汗牛充栋。而最近几年，张家界更是成为全国诗人们关注的热土，形成了湖南乃至中国的"旅游诗歌的张家界现象"。

在这里，我们提出了一个概念：旅游诗歌。其实，旅游诗歌是旅游文学的重要组成部分，也是最活跃、最有影响的部分。我们要弄清旅游诗歌的内涵，首先得弄明白旅游的概念。旅游与旅行两个概念大同小异。据360百科定义："旅"是旅行、外出，即为了实现某一目的而在空间上从甲地到乙地的行进过程；"游"是外出游览、观光、娱乐，即为达到这些目的地所做的旅行。二者合起来即旅游。所以，旅行偏重于"行"，旅游不但有"行"，且有观光、娱乐的含义。对此，西方甚至有些量化的指标：离开常住地一天以上、距离五十公里以上，才算旅行或旅游。

我的理解是，旅游诗歌是作者对旅游过程中所见所闻所感的诗意描绘与情感抒发，是一种特定的客观对象在作者头脑中的主观反映。旅游诗歌古今中外都有，甚至是诗歌创作和流传下来最多的种类。《诗经》中有不少旅游诗歌名篇，而楚辞中更是不胜枚举。我国古代伟大的诗人屈原、陶渊明、李白、杜甫、苏东坡等，都在旅游诗歌上开疆拓土，功勋至伟。屈原被流放之后，相当一部分作品可以列为旅游诗歌。初唐、盛唐，旅游诗歌更是发展到了一个高峰。

旅游诗歌的兴起与繁荣，可从两个维度来考察：一是自古文人就有旅行、旅游的传统，行万里路、读万卷书、写万行诗成为诗人们的生活方式。他们或是遭贬谪、被流放而被动旅行，如屈原、苏东坡之被贬；或是为谋取功名而主动旅行，如李白、杜甫到长安寻找机遇；或是为自得其乐而旅游，如郦道元、徐霞客沉醉于山水。二是凡大文豪、大诗人去过并留下诗文的地方都成了名胜古迹。陶渊明的《桃花源记》虚构了一个小国寡民、安居乐业、怡然自得的理想世界，引得全国几十个地方争夺"桃花源"的名头；武汉黄鹤楼因崔颢《黄鹤楼》而名传天下，李白到此感慨"眼前有景道不得，崔颢题诗在上头"，那里至今还有"搁笔亭"见证这段文坛佳话；李白"烟花三月下扬州"的诗句，也成为扬州的文化名片；滕王阁、醉翁亭、岳阳楼因王勃《滕王阁序》、欧阳修《醉翁亭记》、范仲淹《岳阳楼记》而成为人文胜迹。

唐诗是中国诗歌的顶峰，贞观之治、开元之治为文学艺术的繁荣创造了物质条件，也为诗人旅行、旅游提供了物质基础，所以，唐朝的旅游诗歌也成为中国文化瑰丽的篇章。唐朝诗人人人旅游，人人都写旅游诗。有研究者依照旅游距离远近及旅游动机差别，将唐朝旅游诗歌分为仕宦游、观光游、休闲游三大类别，但更多是三种性质兼而有之。李白行游天下，所到之处，常有惊天地泣鬼神之作。他一生写诗无数，达一千零一十首，其中，旅游诗歌是数量多、成就高的一大类，如《望庐山瀑布》《望天门山》《早发白帝城》《蜀道难》《独坐敬亭山》《赠汪伦》《秋浦歌》，都是传诵千古的名篇。唐王昌龄的《芙蓉楼送辛渐》、张继的《枫桥夜泊》、白居易的《钱塘湖春行》、王维的《使至塞上》《送元二使安西》、王之涣的《凉州词》，北宋苏轼的《饮湖上初晴后雨》《题西林壁》，南宋陆游的《沈园二首》都是旅游诗歌的杰作，许多诗句成为绘景典范，或成为警世格言。

旅游诗歌的艺术特点突出：绘景抒情，情景互生；状景于眼前，言近而旨远；表达人生苦乐，寓意沉浮得失。在内容的呈现上，我认为主要是歌颂体、怨愤体、批判体三种。歌颂体占主导地位，对目之所及的自然景观、人文胜迹给予赞颂，具乐观主义、浪漫主义情怀。屈原是怨愤诗人的代表，他的怨愤不仅仅是报国无门的怨恼，更是哀民生之多艰。像李白这样的浪漫主义诗人，也不时有怨愤之作，表达自己内心的压抑、苦恼、失意。批判体也时有所见，以苦吟诗人杜甫为代表，他的"三吏""三别"是批判现实的杰作，揭露了"安史之乱"后黎民百姓之苦，寄寓了对劳动人民深深的同情。他晚年漂泊在湖南，最后客死他乡。他在湖南写有一百三十多首诗，占他全部诗作十一分之一。长沙市建有杜甫江阁，里面刻了他五十九首诗作，来纪念这位伟大的现实主义诗人。

中国历代杰出诗人大多数到过湖南，屈原、陶渊明、李白、杜甫、柳宗元、辛弃疾等都在三湘四水留下了精彩华章。屈原写常德的"沅有芷兮澧有兰"，李白写洞庭的"且就洞庭赊月色，将船买酒白云边"，范仲淹写衡阳的"塞下秋来风景异，衡阳雁去无留意"，陆游写永州的"挥毫当得江山助，不到潇湘岂有诗"，秦观写郴州的"郴江幸自绕郴山，为谁流下潇湘去"，孟浩然写岳阳的"气蒸云梦泽，波撼岳阳城"，刘禹锡写常德的"晴空一鹤排云上，便引诗情到碧霄",魏允贞写岳阳的"洞庭天下水,岳阳天下楼"……至今为人传诵。上面说的都是外地人写湖南的旅游诗歌,湖南人写外地的旅游诗歌名篇也不少。诗歌滋养着一代又一代湖南人,直到新诗百年,薪火相传,浩浩汤汤。其中,旅游诗歌又为湖南新诗一道亮丽的风景线。

我接触到的众多湖南诗人无一不写旅游诗歌,他们写湖南的旅游诗歌许多令我印象深刻。未央的《进韶山》《洞庭湖之歌》优美,昌耀的《长沙》情切,谭仲池的《致岳麓山》驰目骋怀、雄姿英发,梁尔源的《铜官窑的温度》《登书堂山》和陈群洲的《紫鹊界梯田》《南岳山上的摇钱树》等诗意充沛、想象奇特。欧阳斌的诗集《最美湖南》既是优秀的地理诗歌,也是难得一见的旅游诗歌杰构。他写张家界的《请柬》《峰骨》境界高远,读后令人荡气回肠,已成为张家界的文化名片。还有衡阳张沐兴的诗集《诗意南岳》、长沙苏启平的诗集《浏阳河畔的乡愁》,以及刚刚出版的陈惠芳的《长沙诗歌地图》,也都是湖南诗人写湖南的旅游诗歌佳作。

在新诗群体中,湖南人写全国各地的旅游诗歌不计其数。李少君的诗集《海天集》《神降临的小站》包括许多优秀的旅游诗歌;我本人的诗集《围绕青海湖》中的诗作全部都可以归入旅游地理诗；张战的诗集《陌生人》中也有十几首属于这一类型，其中，《洞庭四短章》《西藏十章》让我爱不释手。写全国各地的旅游诗歌的杰出代表当属刘年。他骑着摩托车，游遍长城内外、大江南北，尤其是多次骑行大西北、大西南。他不仅写了有关湖南、有关张家界的许多优秀诗篇，还写了大量令人津津乐道的有关西部的作品。在他的《为何生命苍凉如水》《独坐菩萨岩》等几部诗集中，旅游诗歌几占据半壁江山，仅《楚歌》中有关西部的旅游诗歌就达六十首，恐怕是湖南诗人中除我本人外写西部诗歌最多的诗人了。他的作品空旷、苍凉，意象新奇，旋律优美，可吟可唱，有浓烈的生命体验感，深受广大读者喜爱。他的那首写青海西部的《荒原歌》，我一见刻骨铭心，至今仍能背诵。

湖南许多诗人还写有关国外的旅游诗歌。李立的诗集《在天涯》一半是旅游诗歌，写国外的有近五十首；郭辉这些年旅居国外，也写了许多；这方面的翘楚当属周瑟瑟，他这几年出版了十来本诗集，相当一部分是写国外的旅游诗歌，为诗坛引来域外新风。

旅游诗歌对于我们今天的旅游事业有推动作用。有人归纳：旅游诗歌能够增强景点的文化意蕴，提升景点的文化品位，激发游客的旅游兴趣，助力旅游宣传。

张家界旅游诗歌现象正是这许多因素共同作用的一个结果，这使张家界成为湖南旅游诗歌重镇。主要表现在以下几个方面：

一是随着物质生活水平的不断提高，人们对美好生活的追求日益迫切，旅游成为休息、观光、游学、游乐的重要方式。张家界以旅游立市，2019 年来此旅游的人达到八千一百多万人次，旅游收入达数百亿元。它吸引了大量诗人来此寻诗，激发了他们的创作灵感。仅我一个人，就前后为张家界创作了三十多首诗歌，它是我在湖南所写诗歌中出现最频繁的地点，作为描写对象，仅次于青藏高原。

二是张家界市委、市政府注重文化搭台、旅游唱戏。进入"新时代"，宣传、旅游、文联等部门与各行业积极开展丰富多彩的文化艺术活动，连续四年举办"张家界国际旅游诗歌节"，又举办"最美张家界诗歌征文"活动，每年都有大量诗人参与，年创作相关诗歌成千上万，这就产生了规模效应，反过来推动了张家界旅游诗歌的盛景。

三是诗歌组织积极作为，起到了推波助澜的作用。2015年谭仲池首倡、我和梁尔源主持创办的湖南省诗歌学会成立，那以后，学会一直积极推进我省各市、县诗歌组织建设，岳阳、张家界、衡阳、永州等市，桂阳、湘阴、邵东等县、市都先后成立了诗歌学会。加上 2010 年高玲发起、我主持创办的常德市诗歌协会——这是全国屈指可数的地市级诗歌组织之一，及胡述斌复活的长沙潇湘诗会，湖南诗歌被推向活跃和繁荣。张家界市领导对此也十分重视，在副市长欧阳斌、文联主席刘晓平的支持下，2016 年，张家界市诗歌学会成立。2017 年又成立了张家界国际旅游诗歌协会，2019 年还成立了中国（张家界）诗歌自媒体联盟。张家界是全省新诗组织最多的市，这三个诗歌组织创建自媒体平台，编辑书刊，举办采风、创作、研讨和节会活动，团结和培养了一大批诗人，精品力作得以涌现。

四是张家界本土诗人热爱这里的山水人文，诗歌创作在这里有浓厚的氛围。这里近几年涌现了刘年、鲁絮、向延波、陈颉、小北、胡良秀、胡雅婷、胡小白、胡家林、李炳华、刘宏、周明、周爱民、谷辉、喻灿锦、袁碧蓉、欧阳清清、覃正波、吕传友、吴远山、左君、王晓芹等一大批诗人，形成了人才聚集效应，他们是张家界旅游诗歌创作与传播的生力军。

关于湖南旅游诗歌的张家界现象，我仅凭个人浅见做了番蜻蜓点水式的陈述，算是抛砖引玉。我相信，张家界旅游诗歌必将继续走向繁盛，像张家界的峰林一样，屹立于中国诗坛，散发迷人的魅力！

让我们共同为此努力！

2020 年 12 月 9 日，据录音整理

张家界，美好生活的抵达

——在第三届张家界国际旅游诗歌节上的演讲

各位嘉宾、朋友们：

我今天发言的题目是《张家界，美好生活的抵达》，为什么要以这个话题来与大家交流呢？请先听我讲一个故事：

三十一年前，有一对生活在青藏高原的情侣决定旅行结婚，那时旅行结婚还没有兴起。他们没有大发结婚请帖，没有摆酒请客，而是不远万里，奔赴一个地点，这个地点当时"小荷才露尖尖角"，刚刚拉开旅游开发的序幕。新郎在那里揭开了新娘的红盖头，留下了"蜜月的河岸，风光如画"的美丽诗句。

大家猜一猜，这个地点是哪里？对，她就是五步一景、十步一画，景随步移的天下第一峰林——张家界。新郎是谁，你们想知道吗？对了，新郎如今不再年轻，他就站在张家界，就站在这个讲台上，正现身说法。说什么呢？还是那一句：张家界，美好生活的抵达。

为了纪念在张家界的这一段美好记忆，我在三十一年后写了一首诗《蜜月张家界》，现分享给大家：

> 新婚的礼台搭在十里画廊
>
> 云雾的婚纱披向与我十指紧扣的新娘
>
> 仙女献花在前，御笔赋诗其上
>
> 爱情孕育的峰林朝天空拔节
>
> 供我们向上攀缘，学做岩石的坚强
>
> 直至一双鹰隼，以举案齐眉的姿势
>
> 在峰顶播撒流着鲜果汁液的阳光
>
> 我们模仿夫妻树千里相会
>
> 一旦相拥，就永不松开臂膀

美好生活是所有人的向往与追求。美好生活不仅是衣食的富足，安全的保障，被友谊与爱情环绕，还有三个指向：一是拥有优美的生态环境，二是感到身体上的愉悦，三是获得精神上的欢愉。我们来到号称"放大的盆景，缩小的仙境"的张家界，就能满足这三个层面的需求，抵达美好生活的内核。

为什么这么讲呢？张家界号称"奇峰三千，秀水八百"，我们在这样一个生态环境里，能达到"四养"：满眼都是青山绿水、奇山异水，这是多么养眼啊！呼吸的都是富含负氧离子的清新空气，这是多么养肺啊！漫步在石板游道、林中河岸，这是多么养身啊！奇花异草、珍禽异兽和鬼斧神工的峰林让人大饱眼福，这又是多么养神啊！

于是，你就进入了诗意栖居的境界，甚至诗如泉涌。我在1988年9月第一次来到张家界的时候，就写了好多首散文诗，甚至那时还鲜为人知的天门山都进入了我的诗歌；现在，我来张家界二三十次了，仍然与她"相看两不厌"。一个旅行目的地能让你去第二次，她就是一个秀色可餐、美得让你不断回眸的大美女了；一个目的地能让你去几十次，那她已经不是什么沉鱼落雁的天后了，她已成为你的精神食粮，或者说，她已进入了你的身体，进入了你的心灵，成了你生命的一部分。从这个意义上讲，张家界对于我是独一无二的体验，是让我梦萦魂牵的地方。

当然，这样一个让我如此梦萦魂牵的地方，也一而再、再而三地进入我的诗歌，丰富了我诗歌的内涵，成就了我诗歌的厚度。张家界有一个著名的景点——仙女献花，还有一个标志性景点——御笔峰，我就是借这一支御笔，为张家界献了三四十首诗歌。你们说我写得多不多啊？是不是要来一点掌声，鼓励我继续写下去啊？

我是怎么处理张家界在我心里唤起的诗意冲动呢？

我写张家界"这是凝固的音乐／立体的画卷"。

我写张家界"诗是她的油盐酱醋茶／每天都将一锅汉字蒸煮煎炒／烹饪出色香齐全的山珍／在等她的白马王子幸临／／你看，酒窝里盛着的红晕／胜过天子山的晚霞／两杯荡漾的春光／凡夫俗子岂能一饮而尽"。

总之，张家界是一个让你不得不写诗的地方，是一个值得你为之献出蜜月的地方！今天，我又多了一个心愿——有朝一日在张家界办一场写给张家界的诗歌朗诵会。如果有人帮我美梦成真，我一定回赠他一个大大的礼物——为他或她献上一首带着张家界峰林阳刚、金鞭溪柔美的诗！

我还想问大家一个问题：你们关不关心三十一年前那个新娘过得如何？好吧，三十一年前的那个新娘，如今仍然是我的新娘，虽然青春不再，成了半老徐娘，但就像英国大诗人叶芝的诗所写的那样：我爱她的每一条皱纹！当然，我更爱她由青丝变白发的过程！这就像我仍然爱着的这方大美山水——张家界！

今天举行的是张家界旅游诗歌现象学术讨论会，请原谅我并没有讲学术问题，但我其实回答了旅游诗歌的所有问题，也回答了诗歌的终极问题，这就是：诗歌，是美好生活的抵达！

我也借此祝福大家爱情甜美，婚姻幸福，白头偕老！

谢谢大家！

2019 年 12 月 6 日，据录音整理

后记

原本不想在诗集《我想活得像一朵云》出版不久再出新诗集，可多年好友李立在微信群里发了"中国行吟诗人文库"征稿启事，被他火一样的情怀感染，遂决定凑个人头。

我仓促为新诗集起名《屐痕斑驳》，又跳出套路写了简介，说明我编选该诗集的初衷，全文如下：

雁过留声，叶动见影，脚踏有痕。

相对于时间中的旅行而言，人更能感觉到空间中的旅行：由此及彼，由近及远，山川河流、名胜古迹、风土民情……行吟诗人所至之处，会有莲花生长，这是诗意点染之故。

行吟诗歌就是这莲花的花蕾和花朵。

《屐痕斑驳》是我的第十部诗集、第十五部作品。这部诗集盛满了莲花的花蕾和花朵。

着屐而行，走不快，唯此才能多看、多思；着屐而行，足迹也深。万物多姿多彩，投射在心灵上，那光影是斑驳的。

　　不论触景生情或寄情于景，不论借物起兴或物我两忘，诗都带着世界的斑驳，人思绪的斑驳。

　　人生是一次向死而生的旅行。诗歌亦如此。

　　我寄望于《屐痕斑驳》的是这些诗歌能像开得久些的莲花，在这世上多存在些时日，将我体验过的斑驳——那也是一种丰盛，多传达给后人一些。

　　其实，我编选这部诗集另有个世俗性的动机：明年农历三月我满六十岁，在我的家乡，六十岁是大寿，要办隆重的寿宴，我想把这一诗集当作送给自己的一件礼物。今年，我就以迎接六十岁之名买了一个昂贵的拍鸟用的长焦镜头——佳能 RF1200mm 镜头。我以为理由充分：职业生涯就要结束，退休模式即将开启，我要在真正变身闲云野鹤之前，以诗歌为游走中国、行吟湖湘的经历做一个总结。确实，全国所有省、自治区、直辖市及港澳台地区我都去过了，多数名山大川、今古胜迹我也都留下了足迹。正如我在诗中所写："拎着快乐去旅行 / 走向近海与远岸，或 / 深山老林 / 我打开旅行箱 / 给每一个地方换一件新衣 / 回来的路越来越长 / 回家的脚步越来越沉 / 箱子里装了太多的失望、欢欣与美景／换走了所有的刻骨铭心"（《旅行》）。

我也去过欧洲和大洋洲，走过十几个国家，但为此写下的诗并不多，共计几百首。这次编选，将它们都剔除在外。剔除在外的还有大量写青藏高原的，因为早在20世纪90年代我就出版过《我心在高原》，几乎是专写这一地域的；21世纪初出版的《屋顶上的红月亮》也收录了不少这一题材的作品；2015年又有《围绕青海湖》问世；而刚刚出版的《我想活得像一朵云》里面也全都是写青藏高原的。既如此，我干脆为这部新诗集设了一条线，即凡此前各诗集收录过的作品，不再收入，包括代表作、成名作。

故而，诗集《屐痕斑驳》仅收入我的行吟诗歌，且仅为2016到2022年的作品。而这七年之中，我写诗近九百首，其中，三分之一是行吟诗歌，剔除写青藏高原者，还有二百三十首。编选时，我对其中的三四十首进行了修改或重写，从中挑出二百一十二首，后又再次筛选，最终选定一百九十余首。后因丛书篇幅限制，删至一百一十余首。到底不舍，又与出版社协商，最终定下一百四十八首。这个过程中，我感受到了割的痛苦，也体会到了舍的快乐。总之，修改、重写和筛选的过程，也是一次自我提升的过程，也算可贵。

诗集分为上、下两编，上编"三湘四水，赤子情真"，专写湖南；下编"天南地北，且行且吟"，写湖南以外全国各地。上编按写作时间逆时排列，下编顺时排列；同一天写下的仍按顺时排列；写同一地方或地域的不以组诗集中呈现，而是融入时间之流中。

分上、下两编，也隐喻人生的上编结束，而下编——退休生活行将开始。我对新生活有疑虑，也有期待。正像我在《对生命的追问》中表达的："一个从空中跳下的泥罐／可以想象自己碎破的样子／／正因为生命的句号不知落在哪里／人生的悬念才意味无穷／无知的魅力胜过有知／花朵才会为了美丽的时辰／竭尽全力／／人生有太多的未知／生命才绚丽无比"。

"走了一路，花草、树木、虫鱼、落石／次第相迎。路／越来越像一根草绳／曲直自便，宽窄自知／一不小心，就会捆住你的双翅"（《知天命的生活》）。新的生活即将揭幕，伴随我四十余年的旅游、摄影、读书、写作四大爱好，也将有新的面貌。我期待我的生活进入更安静、更从容、更深邃的层面，趋近"淡泊明志，宁静致远"，真正走向诗意。

编选这部集子足足花了我一个月时间。其间，因为众所周知的原因，小外孙女果果无法去幼儿园，我担任玩伴十多天。爱人白秀琴每天有忙不完的家务，还要伺候屋顶花园里的花，只能由我一人照料果果。果果精力异常充沛，像一台永动机，每天从早到晚手不停脚不憩地玩，且每时每刻都要我陪在身边。这样，我每天能用来编选的时间大大减少，只有她早上起床前与晚上睡觉后的两三个小时。

诗集编讫之际，卡塔尔世界杯正踢得如火如荼，它是世界从疫情阴影中走出来的一个标志。与此同时，国内的生活也重回轨道，烟火气又兴盛了起来。在此，我衷心祝愿祖国更加强盛，也祝愿亲人、朋友和我的读者们百毒不侵，平安健康，迎接更加美好的生活。

未来可期，诗意无限！

2022 年 12 月 10 日深夜观摩洛哥对葡萄牙赛事之际，

于长沙白鹿居